KB003280

꼬리와 파도

꼬리와
파도
강석희
장편 소설
창비

차례

프롤로그

잘 찾아왔어

"깜짝이야! 너네 여기서 뭐 하니!"

퇴근을 위해 체육관에서 나오던 무경이 소리쳤다. 출입문 너머에는 무경보다 더 놀란 얼굴을 한 선이와 미주가 있었다.

선이와 미주는 무경을 찾아가기 위해 몇 번이고 마음을 다잡았지만, 방과 후의 불 꺼진 체육관 앞에서 다시 망설이고 있었다. 어떡하지. 진짜 어떡하지. 선이와 미주는 그렇게 중얼거리며 서로를 마주 보았다. 어둠 속에서 두 사람의 눈빛이 흐릿하게 교차했다. 손잡이를 쥐고 있던 선이가 손의 힘을 저도 모르게 풀어 버린 순간, 무경이 어둠 속에서 나타났다.

무경은 선이와 미주를 알아보았고 체육에 별 관심이 없는 저 아이들이 왜 나를 찾아왔을까, 잠시 고민했다. 일단 문을 열고 두 아이에게 갔다. 그리고 둘의 얼굴을 유심히 살폈다. 언젠가 다른 이에게서 본 적 있는 표정이 두 아이의 얼굴에 나란히 내려와 있었다. 무경은 체육관으로 다시 들어가 조명을 환하게 밝혔다.

선이와 미주에게 일어난 사건은 온라인 수업 중에 시작되었다. 사회 시간이었고 담당 교사는 출결 관리에 철저해서 학생들이 화상 화면을 켜 놓지 않으면 무단 결과로 처리했다. 수업은 여느 때처럼 약간의 긴장 속에서 진행되었고 모둠 활동이 끝난 뒤에 교사의 피드백이 이어졌다. 피드백을 할 때 교사가 하는 말에서 시험 정보를 얻을 수 있었기 때문에 선이는 교사의 말을 집중해서 들었다. 그런데 어떤 이유에서인지 목소리가 점점 작게 들렸다. 내 컴퓨터만 그런가? 선이는 다른 아이들의 얼굴을 살펴보았으나 수업을 열심히 듣고 있는 사람이 누군지 알기는 어려웠다. 자연스럽게 가장 친한 미주에게 눈길이 갔다. 미주는 고개를 조금씩 끄덕이고 있었다. 선이는 조심스레 메신저 대화 창을 열고 미주에게 물었다.

쌤 목소리 잘 들림?

아, 너도 안 들려?

근데 고개는 왜 끄덕거려 ㅋㅋㅋㅋㅋ

ㅋㅋㅋㅋㅋㅋㅋㅋㅋ

내가 말씀드릴게 ㅎㅎ

오키!

선이는 손 들기 버튼을 눌렀다. 교사는 못 보았는지 계속 수업을 했다. 선이는 망설이다가 스페이스 바를 누르고 말했다.

"선생님, 목소리가 작게 들려요."

선이의 말을 한 번에 알아듣지 못한 교사가 카메라 쪽으로 가까이 다가오며 되물었다.

"어? 뭐라고?"

선이는 목소리를 높여 다시 말하면서 엄지와 검지를 집게 모양으로 만들어 '조금'을 표현했다. 교사는 고개를 끄덕이고 어이구 이런, 하면서 마이크를 조정했다. 소리는 다시 잘 들렸다. 선이가 수업에 다시 집중하려 했을 때 메신저 창이 요란하게 번쩍였다. 선이는 무시하려고 했으나 쉬지 않고 깜빡이는 게 신경 쓰여 창을 활성화했다. 잠깐 사이에 수십 개의 메시지가 도착해 있었고 가장 아래에 있는 것은 '너 페미년이냐? 티 내고 싶어 안달이 나셨네.'였다. 서너 명의 남학생들이 지속적으로 욕설과 비속어가 가득한 채팅을 보내왔다. 선이가 '집게 손'을 했다는 것이 이유였다. 선이는 대화 창을 닫아야 한다고 생각하면서도 그러지 못하고 멍하니 쳐다보고만 있었다. 꼼짝도 할 수 없었다. 갑작스레 눈물이 터졌고 울음소리가 나오려고 했을 때 반사적으로 노트북을 강제 종료했다.

선이는 그날 사회 수업에 무단 결과 처리되었다. 이후의 수업들에도 들어가지 못했다. 정규 일과 시간이 끝나고 한 시간이 지난 다음에야 휴대 전화를 켰다. 남학생들은 30분 전까지 선이에게 욕을 하고, 웃고, 그들의 말을 빌리면 선이를 '응징'하고 있었다. 전화기에는 친구들이 걱정하며 보낸 메시지가 도착해 있었고 담임과 미주로부터 전화도 와 있었지만 선이는 답하지 않고 전원을 껐다. 한 시간 뒤 미주가 선이 집에 찾아왔다. 자초지종을 알게 된 미주는 자기 일처럼 화를 내며 선이를 돕기로 했고 그날은 선이네에서 잤다.

아침이 되었을 때, 두 사람은 온라인으로 등교하는 대신 직접 학교로 갔다. 왜 허락도 없이 학교에 왔느냐고 담임에게 혼이 나긴 했지만 상황은 전달이 되었고 사회 교사도 만날 수 있었다. 교사는 선이가 보여 준 대화 내용을 쓱 훑어본 뒤 말했다.

"무단은 지워 줄게."

더 이상의 말은 없었다. 잠시 침묵이 이어졌다. 미주가 교사에게 물었다.

"그게 다인가요?"

교사가 대답했다.

"남은 이야기는 담임 선생님하고 해야지."

"음, 선이야……."

담임은 망설이는 투로 말을 시작했다.

"어쨌든 많이 놀랐겠다. 그치?"

'어쨌든'이라고? 선이와 미주 둘 다 그 말은 이 상황에 어울리지 않는다고 생각했다.

"선이 입장에서 기분 나쁠 말을 많이 했으니까 걔들이 잘못한 건 맞지. 그런데 선생님이 방금 집게 손이 뭔지 좀 찾아봤거든?"

그러니까 담임의 말은 '선이가 원인 제공을 했을 수 있다.'라는 거였다. 요즘처럼 성별 간의 갈등이 심한 때에는 말 한마디, 행동 하나를 조심해야 한다고 했다. 선이가 의도했든 아니든 특정 집단을 비하하는 표현은 쓰면 안 된다고. 게다가 남자애들이란 워낙 앞뒤 생각 없이 기분대로 구니까 사과를 받고 화해하면 어떻겠느냐고. 선이는 내가 또 왜 이러지, 하면서 울었다. 하고 싶은 말이 있는데 하지 못하고 울음만 나와서 속이 상했다. 보이지 않는 누군가가 말할 때 필요한 모든 기관을 틀어막고 있는 것 같았다. 선이가 하고 싶었던 말은 미주가 대신했다.

"그럼 걔들은 벌 안 받나요?"

"벌?"

"네."

"선이는 그걸 원하니? 벌주는 거?"

선이는 젖은 눈으로 담임을 봤다. 선이를 향한 미움도 악의도 느껴지지 않았지만 그가 몹시 위험한 사람처럼 보였다. 선이는 대답을 못 하고 가만히 있었다.

"선생님이 따끔하게 혼내고 사과시킬게. 오늘 당장."

선이와 미주는 학교를 나왔고 빠진 수업은 담임 재량으로 인정 결석이 되었다. 선이의 생활 기록부에 나쁜 흔적은 아무것도 남지 않았지만 마음에 남은 것은 하나도 사라지지 않았다. 그날 저녁 선이에게 메시지를 보냈던 남학생들은 손 편지를 사진으로 찍어 학급 대화방에 올렸다. 편지 내용은 짠 것처럼 거의 비슷했다. 물의를 일으킨 것에 대한 반성, 나쁜 말을 쓰지 않겠다는 다짐, 학급 친구들에 대한 사과로 이어졌다. 거기에 선이의 이름은 없었다.

야. 니네 사과 이따위로밖에 못 하냐?

화가 난 미주가 참지 못하고 메시지를 남겼다. 옆에 있던 선이가 얼른 삭제했지만 그걸 본 아이들은 이미 많았다. 다음 날이 되자 선이와 미주의 SNS 계정으로 정체를 알 수 없는 사람들의 DM이 밀려왔다. 차마 눈 뜨고 보기 힘든 말들이었다. 그 말들에 깔려 죽을 것 같았던 선이와 미주는 아프다는 핑계를 대고 이틀을 결석했으나 담임은 이유를 자세히 묻지 않았다. 두 사람은 같은 이불에 발을 집어넣고 앉아 손톱을 깨물고 어깨를 움츠리고 때때로 울다가 학교 홈페이지의 교직원 명부를 보면서 자신들을 도와줄 것 같은 이름을 짚어 봤다.

과학은 '생물학적으로는 나 혼자 이 학교의 여학생을 다 임신시킬 수 있다.'라고 한 사람이었고 영어는 '여고에 가면 생선 비린내가 진동하는데 그게 또 은근히 좋다.'라고 한 사람이었으며 기술은 '브라를 안 하는 건 성욕이 세다는 뜻이다.'라고 한 사람이었다. 그리고 그 끝에서 '체육 박무경'을 봤다. 가만, 무경 쌤이 오고 나서 우리 학교 체육 대회에 여자 축구가 생겼다고 하지 않았나? 여름에 온라인 퀴어 퍼레이드 링크 공지했다가 학년 부장이랑 싸운 사람도 무경 쌤이었잖아? 그러고 보니 맨날 혼자 다니고 혼자 밥 먹고 그러는 것도 이유가 있었던 거 아냐? 선이와 미주는 무경에 대해 알고 있는 것들을 밤이 깊도록 이야기했다.

선이와 미주가 들려준 이야기와 보여 준 메시지가 낯설지 않아서 무경은 입맛이 썼다. 아이들은 입도 대지 않은 지리산 돌배차를 한 모금 머금었지만 개운하지 않았다. 그래도 무경은 가볍게 손뼉을 한 번 치고 웃었다. 아이들이 자신의 웃는 눈을 볼 수 있도록, 그리하여 조금이라도 마음을 놓도록.

"얘들아."

"네?"

"너희 촉이 좋은 애들이구나."

"……?"

"잘 찾아왔어. 제대로 찾아왔어."

선이와 미주의 얼굴에 옅게 미소가 번졌고 그보다 먼저 눈동자가 촉촉해졌다. 무경은 이 낯설지 않은 순간들이 왜 낯설지 않은지 잘 알았고, 자신이 선이였거나 미주였을 때를 함께 보낸 사람들의 얼굴을 떠올렸다.

1부

열여섯
―무경과 지선

1

무경의 나이가 열여섯이 되던 해는 1999년이었다. 무경은 그해가 20세기의 마지막 해라고 생각했지만 그건 사실이 아니었다. 20세기의 끝은 2000년이었으니까.

그때 무경의 눈에 비친 세상은 지독하게 메말라 있었다. 겨우내 눈 한 송이, 비 한 방울 내리지 않아 얼어붙을 물조차 없었다. 세상이 말라붙은 눈곱 같네, 무경은 생각했다. 그럼에도 시간은 흘렀고 봄이 왔다. 먼 곳에서부터 느린 속도로. 어느 날엔가 개구리가 나와서 울었고 농로를 따라 개나리가 피었다. 개구리와 개나리는 하나도 닮지 않았는데 왜 이름이 비슷하지? 합숙소로 가져갈 짐을 챙기며 무경은 그런 것을 궁금해했다. 짧아서 달았던 봄 방학의 끝, 무경의 마음에는 어쩔 수 없이 작은 뿔이 돋았다.

축구부의 새 학기는 다른 학생들보다 하루 빨리 시작되었다. 무경은 커다란 보스턴백을 등짐처럼 메고 합숙소에 갔다. 학교 뒤뜰의 합숙소에서는 머리를 짧게 자른 여자아이들이 H.O.T.와 젝스키스의 노래를 따라 부르며 잡지에 실린 모델들의 화보를 보고 있었다. 이런 옷은 얼마나 할까, 이런 머리는 어떻게 하는 걸까. 축구 생각은 하지 않고. 정말 필사적으로 하지 않고. 짧은 머리를 묶어도 보고 풀어도 보고 입술에 뭘 발랐다가 지우면서 몇 분 몇 초만이라도 좋으니 이대로 조금만 더…… 하며 마지막 휴식 시간을 보냈다. 팀의 에이스였던 무경은 뭐가 달랐냐면, 그렇지 않았다. 장우혁의 사진을 스크랩하고 랩도 따라 해 보다가 금세 시들해졌는데 언제부턴가 이효리가 자꾸 신경 쓰여서, 이것 봐 나를 한번 쳐다봐, 노래 가사에 설레던 마음. 하지만 중학교에서의 마지막 1년은 그렇게 시작할 수 없었다. 무경에게는 꼭 해야 할 일이 있었다.

동계 훈련 마지막 날에 축구부 코치 전근세가 무경을 자기 사무실로 불렀다. 무경에게 주장을 맡기기 위해서였다. 박무경이 아니면 누가 하겠어. 전근세의 생각처럼 다른 선수들도 그렇게 생각했고 무경도 예상했던 일이었다. 그러나 알겠다고 대답을 하려던 찰나에 무경의 머릿속에 어떤 생각이 스쳐 갔다.

"못할 것 같습니다."

무경의 말에 전근세의 얼굴이 구겨졌다.

"뭔 소리야."

"동생이 어려서요."

무경과 동생은 두 살밖에 차이 나지 않았다. 전근세도 아는 사실이었다.

"헛소리할래 자꾸?"

무경은 겁이 조금 났지만 주먹을 꼭 쥐고 말했다.

"늦둥이가 생겨서……."

거짓말이었다. 무경은 자기가 말해 놓고도 놀랐다. 감당 못할 거짓말을 한 것이었다. 코치가 눈치챌까 봐, 집에 전화할까 봐, 걱정이 됐다. 전근세는 담배를 꺼내 물고 불을 붙였다. 좁은 실내에 담배 연기가 가득 찼다. 전근세가 창문을 열자 작년 가을에 타 온 시장 배 우승기가 넘어졌다.

"야."

"네?"

"이것 봐라. 네가 재수 없는 소리를 하니까 이런 게 막 넘어지잖아."

무경은 입을 꾹 닫고 속으로 100까지 셌다. 전근세가 누렇게 변색된 종이컵에 재를 털고 가래를 뱉고 관자놀이를 눌렀다. 무경은 전근세를 지켜봤다. 일흔셋, 일흔넷.

"도저히 안 되겠냐?"

무경은 고개를 끄덕이고 다시 숫자를 셌다. 아흔여덟, 아흔아홉, 백. 무경이 목소리를 가다듬고 말했다.

"코치님, 그러면요."

"뭐."

"저 소원 하나만 들어주세요."

무경의 소원은 지선과 함께 시합을 뛰는 것이었다. 그 마음은 1998년의 여름에 시작되었다. 그날도 무경은 그늘 한 조각 없는 운동장을 가로질러 담배 심부름을 갔다. 방학 중이어서 운동장을 달리는 사람은 무경밖에 없었다. 몇 발짝 떼기도 전에 땀이 등뼈를 타고 줄줄 흘렀다. 무경은 욕을 중얼대며 달렸다. 뜨거운 땡볕 아래를 뛰는 게 싫었고 뛸 수밖에 없는 게 속상했다.

골초였던 전근세는 담배가 떨어지면 무경을 찾았다. 하루에 한 번, 많게는 두 번씩 심부름을 해야 했다. 한 번에 많이 좀 사 놓지. 무경은 불만이었지만 그 심부름에는 전근세 나름의 이유가 있었다.

박무경을 완전히 길들이는 것.

전근세는 무경을 완전히 지배하고 싶었다. 무경이 지닌 압도적인 재능이 탐나서였다. 부상으로 일찌감치 선수 생활을 접었던 전근세는 지방의 학교들을 돌며 지도자 생활을 했다. 그러기를 7년째, 드디어 진짜 재능을 만난 것이었다. 축구로 성공할 수 있는, 어쩌면 마지막일지도 모를 기회에 전근세는 설렜다. 무경을 완벽하게 부릴 수만 있다면 전국 대회 우승기를 가져오는 것도 꿈이 아니었다. 집안 사정 괜찮은 애들 몇을 무경과 함께 주전으로 뛰게 하고 고등학교에 묶어서 보낼 수도 있었다. 그렇게 하는 것만으로도 얼마의 명예와 부를 쥘 수 있을 것이었다. 그러나 전근세의 상상은 거기서 끝나지 않고 국가 대표 팀 엠블럼에 닿았다. 무경은 무조건 국대가 될 것이고, 그 무경을 키운 내가 국가 대표 감독이 된다. 이야기가 되잖아. 이건 드라마야.

그러므로 전근세는 무경을 혹독하게 다루었다. 몸과 마음

모두 제 뜻대로 움직이는 기계처럼 만드는 게 목적이었다. 단체 훈련의 앞뒤 한 시간은 무경만 따로 지도했다. 무경은 그게 싫었다. 자신에게 쏟아지는 전근세의 수많은 요구, 그게 이행되지 않았을 때 돌아오는 욕설과 인신공격 그리고 구타. 모든 것이 버거웠다. 그럼에도 관둘 생각은 못 했다. "네가 축구 말고 뭘 하겠냐?"라거나, "나보다 너를 아끼는 쌤은 없어." 이런 말을 의심해 보기 전에 믿어 버렸기 때문이다.

학생들이 선생의 말을 얼마나 쉽게 믿어 버리는지, 전근세는 7년간의 코치 경험으로 알고 있었다. 가끔 전근세가 무경을 따로 불러 떡볶이나 짜장면을 사 줄 때면 무경은 여전히 그를 싫어하면서도 자신을 위해 애쓰는 마음은 진심일 거라 생각했다. 그래야 혼란스럽지 않았다. 축구를 좋아해서 잘하고 싶었는데 그걸 도와주는 사람 때문에 축구가 싫어지는…… 무경에게 그런 건 너무 복잡한 문제였다. 그러니 다 나를 위해 그러는 거라고, 다들 말하는 것처럼 그렇게 생각하는 쪽이 편했다.

그래도 담배 심부름은 좀 빼 주면 안 될까? 무경은 그런 생각을 하며 개미슈퍼의 미닫이문을 열었다. 개미슈퍼의 주인 할머니는 무경의 얼굴을 보자 바로 담배를 건넸다. 무경은 돈을 내고 얼른 가려고 했다. 노인과 대화를 하고 싶지 않아서였다.

"너는 얼굴이 그렇게 검어서 얻다 쓰냐?"

"……."

"여자가 박색이면 팔자가 더러워져."

노인은 불편한 왼쪽 다리를 끌며 텔레비전 앞으로 돌아갔다. 박색이 뭔데요. 나는 얼굴 써서 살 생각이 없는데 어쩌라고요. 그런 말들을 꿀꺽 삼킨 채 무경은 입술을 내밀고 달렸다. 10분 안에 돌아오라는 전근세의 말을 지키려면 다른 생각을 할 여유가 없었다. 늦으면 10초에 한 대, 무경은 이를 악물었다.

"빨리 와, 빨리!"

무경은 목소리가 들리는 쪽을 봤다. 무경의 얼굴에 웃음이 번졌다. 체력 단련실 앞 복도에서 손을 흔드는 사람은 지선이었다. 무경의 심장이 쿵, 하고 앉았다가 쾅, 하고 뛰었다. 갑자기 그랬다. 저 아이에게 패스를 하고 싶다. 발만 뻗으면, 머리만 대면 골이 되는 생크림 같은 패스를 보내고 싶어. 그럴 수만 있다면 이까짓 담배 따위 한 시간에 한 번씩도 사다 줄 수 있다. 무경은 3층까지 날 듯이 올라갔다. 전근세에게 담배를 주는 데까지 걸린 시간은 9분 42초였다.

"오, 신기록."

전근세가 담뱃갑의 비닐을 벗기며 말했다. 밖으로 나온 무경은 지선에게 전근세 욕을 잔뜩 했다. 지선은 포카리스웨트를 따 주었다. 무경은 지선과 함께 주전으로 뛰는 날까지 절대 축구를 관두지 않을 거라 다짐했다.

축구 선수 임지선의 장점은 키가 크다는 것. 그러나 그게 다였다. 처음 축구부에 들어갈 수 있었던 것도 또래에 비해 두 뼘 정도 큰 키 때문이었다. 먼저 관심을 보였던 건 배구부였지만 지선은 무경을 따라 축구부로 갔다. 요령 부리지 않고 열심히 했지만 축구에 관한 지선의 다른 재능은 발견되지 않았다. 그대로라면 지선에게 축구는 학창 시절의 추억으로 남을 게 분명했다. 지선은 그래도 어쩔 수 없는 일이라 생각했다. 하지만 무경은 그렇지 않았다. 포기가 되지 않았다. 함께 경기에 나가서 이기고 계속 이겨서, 다음 또 다음 그리고 그 다음에는 무엇이 있는지, 혼자가 아니라 지선과 함께 보고 싶었다. 그래서 온 세상이 깊게 잠든 새벽 5시에 무경과 지선은 텅 빈 운동장에서 해가 뜰 때까지 공을 찼다. 터무니없는 어둠 속에서 발밑만 간신히 비추는 랜턴 불빛과 목소리에만 의지한 채로, 닿아라 닿아라, 무경은 온 힘을 다해서 지선에게 공을 보냈다. 지선만 받을 수 있는 폭신하고 달콤한 것. 크로

스나 스루 패스라고 말해 버리기엔 아까운 무엇. 그걸 무경이 보내면 지선이 온 마음으로 받아 냈다. 겨울 한 철이 그렇게 지나갔다.

신학기 훈련 첫날. 7대 7 미니 게임에서 무경과 지선은 한 몸처럼 움직였다. 무경의 발을 떠난 공은 자석이라도 붙은 것처럼 지선의 발과 이마로 날아갔다. 수비수들은 뻔히 보면서도 당했다. 지선은 그날 네 골을 넣었다. 그런 날이 몇 번 더 반복된 뒤에 봄비가 내렸다. 체력 단련실에서 사이클을 타고 있던 무경을 코치가 불렀다. 무경은 우비를 입고 개미슈퍼에 뛰어갔다. 보슬비가 무경의 온몸을 휘감았다. 지선이를 최전방에 세워 주세요. 용기 내어 말했던 소원이 어떻게 되었는지 궁금해서 전근세가 부를 때마다 기대하며 갔다. 그러나 늘 담배 심부름이었다.

"봄볕에 타면 약도 없어, 이것아."

노인은 또 한마디 했다. 무경은 대답하지 않고 고개만 꾸벅 숙인 뒤에 다시 달렸다. 코치실에서 지선이 심란한 얼굴로 나왔다.

"왜 그래?"

무경이 물었다. 지선이 손에 들고 있던 종이를 보여 줬다.

거기에는 하루에 소화해야 할 체력 훈련 프로그램과 고단백 식단이 쓰여 있었다. 맨 아래에는 빨간 궁서체로 '어기면 죽음'이라고도 쓰여 있었다. 지선에게 그 종이는 지옥행 티켓처럼 보였지만, 무경에게는 소원을 이루어 줄 부적과 다름없었다.

땐에는 지선도 굳은 마음을 먹었지만 식단은 정말이지 너무 힘들었다. 무경도 지선과 비슷한 걸 먹어 보려 했지만 맛이 없어도 너무 없었다. 어느 날 지선은 울었다.

"비린내 나. 맛없어. 꿈에도 닭이 나와."

진달래꽃잎이 하나둘 날리던 어느 오후 휴식 시간에 두 사람은 학교 담장을 넘어 짜장면 한 그릇을 3분 만에 해치우고 돌아왔다. 그날 훈련을 마치고 둘은 나란히 토했다. 세면대에서 입을 헹구다가 웃음이 터져 눈물을 흘리며 캑캑거렸다.

그럼에도 살은 빠지고 근육량은 늘어서 지선의 몸은 완연히 운동선수처럼 변했다. 지선이 도움닫기를 해서 뛰어오르면 누구도 견제할 수 없었고 중심을 낮추고 등을 지면 단단한 벽이 되었다. 그리고 3월 말, 그해의 첫 대회였던 교육감 배에서 J여중 축구부는 우승했다. 3골 7어시스트를 기록한 무경이 대회 MVP를, 7골을 넣은 지선이 득점왕을 차지했다. 대회에서 J여중이 치른 경기는 4경기, 넣은 골은 10골이었다.

2

4월의 초입, J여중 축구부는 폐교를 개조한 수련원에서 훈련했다. 4박 5일 동안 체력과 정신력을 강화한다는 목적이었다. 목표는 여왕기 축구 선수권 대회 우승이었다. 전근세는 유격대 조교처럼 빨간 모자를 쓰고 비장한 분위기를 풍겼다. 지선은 왼 발목에 깁스를 하고 스탠드에 앉아 있었다. 팀원들이 달리기하는 소리를 들으면서.

지선은 운동장을 뛸 때 나는 발소리를 좋아했다.

착착, 착착.

혼자보다는 둘, 둘보다는 친구들과 같은 박자로 뛸 때의 발소리. 그 소리를 듣고 있으면 마음이 편안해지고 뭐든 될 수 있을 것 같았다. 축구를 계속해서 국가 대표 선수가 될 수도 있을 것 같고, 내가 다른 건 몰라도 키가 크고 다리가 길쭉하니까 모델이 되어도 좋겠다. 뭘 하든 돈을 많이 벌어서 이층집을 짓는 거야. 무경과 나 그리고 우리가 사랑하는 사람들이 함께 살 수 있는 넓고 따뜻하고 단단한 집을 짓자. 지금의 나에게는 허락되지 않은 것을 마음껏 갖자. 지선은 그런 생각에 잠겨 있었다. 팀원들의 발소리는 멀어졌다 가까워지고 또 멀어졌다.

아홉 바퀴를 함께 돌고 나면 마지막 바퀴는 경쟁이었다. 타타타타타 모두가 전력을 다해서 달렸다. 먼저 들어온 두 명을 뺀 나머지는 한 바퀴를 더 달려야 했다. 다시 두 명이 빠지면 또 한 바퀴 더. 그러면 꼴찌는 열아홉 바퀴를 뛰게 되었다. 평소에 무경은 열세 바퀴 정도에서 나왔고 지선은 매번 열아홉 바퀴였다. 지선은 맨 끝에서 달리고 있는 익숙한 얼굴들을 보며 또 재네구나, 쿡쿡 웃었다. 그러는 사이에 무경이 지선을 향해 달려왔다.

"1등이다!"

무경의 얼굴은 땀으로 범벅이었다.

"오, 웬일이래?"

"웬일은. 지금까지 봐준 거지."

그렇다고 하기엔 무경의 얼굴은 상기되다 못해 터질 것 같았다. 지선은 빙긋 웃었다.

"너 심심할까 봐 간만에 실력 발휘 좀 했다."

무경의 숨은 쉬이 진정되지 않았다. 지선은 옆에 놓아둔 아이스박스에서 얼음을 한 덩이 꺼내 줬다. 무경이 얼음으로 목과 턱을 문지르며 호흡을 가지런히 했다.

휘이익!

코치의 휘슬 소리가 들렸다. 무경은 지선에게 얼음을 돌려주고 운동장 중앙으로 달려갔다.

"기준!"

무경이 외치자 다른 선수들이 3열 횡대로 섰다. 코치가 꼴찌 두 명 중에서도 또 꼴찌를 한 센터 백 심명선에게 팔굽혀펴기 스무 개를 시켰다. 다른 아이들은 열중쉬어 자세로 고개를 숙이고 있었다. 지선은 목발을 짚고 서서 그 모습을 봤다. 오후 2시, 따가운 봄볕이 아이들에게 내리쬈다. 심명선이 개수를 다 못 채우고 풀썩 쓰러졌다. 코치가 발바닥으로 밀자 심명선의 몸이 흙바닥 위를 반 바퀴 굴렀다. 무경이 주고 간 얼음이 금세 녹아서 지선의 주먹 쥔 손가락 사이로 차가운 물이 뚝뚝 떨어졌다.

3

발목을 다쳤을 때 지선은 혼자였다. 기상 시간은 7시였지만 지선은 6시에 샤워를 했다. 왜 그리 일찍부터 샤워를 했는가 하면, 축구를 잘하고 싶어서였다.

교육감 배 대회가 열리던 날에 지선의 눈은 새벽 5시가 되기도 전에 뜨였다. 선발 명단은 경기장에 도착해야 알 수 있었지만 이번에는 정말 가능성이 있었다. 근래의 연습 시합에서 가장 많은 득점을 한 사람은 지선이었으니까.

만약 경기에 나가게 된다면 공식 시합 데뷔였다. 지선은 언제나 몸을 풀 기회 한 번 얻지 못하고 벤치에 앉아 운동장만 봤다. 시합 때면 더 확실하게 보이는 무경의 실력에 감탄하고 또 부러워하며 자신의 깨끗한 축구화를 내려다보곤 했다. 그런 순간이 오면 아쉬움과 서러움이 밀려왔다. 처음부터 그랬던 건 아니었다. 축구를 잘하고 싶었던 게 언제부터였지? 알 수 없었지만 그때 느낀 것은 질투였다. 무경이 아니라 다른 선수들을 향한 질투. 무경에게서 공을 받고 무경의 손짓에 맞춰 달리는 그 아이들에게 지선은 샘이 났다. 그런데 이제 정말로 무경과 함께 시합을 뛸 수 있을지도 몰랐다. 그렇게 된다면, 시합을 뛰고 골을 넣고 이기고 또 이기다 보면, 무경이 말했던 대로 아주 멀고 높은 곳까지 함께 갈 수 있지 않을까? 그런 삶이 진짜 내 것이 된다면……. 우리 집에도 싸움보단 웃음이 많아질지도 몰라. 아빠가 술을 안 먹고 누구도 때리지 않는 사람이 될지도 몰라. 아니 꼭 그렇게 되지 않더라도, 나는, 나만큼은, 슬픔과 아픔에서 떨어진 채 살 수 있으면 좋겠다. 무경과 축구를 하면서 느끼게 된 많은 것들이 영원히 내 것이었으면 좋겠다. 지선의 마음은 부풀었고 잠을 청하려 해도 눈앞에 알 수 없는 무언가가 아른거려 자꾸만 눈이 뜨였다.

지선의 마음은 자는 중에도 가라앉지 않았다. 지선은 결국 꼭두새벽에 눈을 떴다. 다시 눈을 감아 봐도 잠은 이미 저만치 달아나 있었다. 자고 있는 무경의 얼굴을 보고 천장을 보고, 다시 무경을…… 그래도 시간은 가지 않았다. 지선은 조용히 몸을 일으켜 샤워를 하러 갔다. 다른 애들이 깰까 봐 2층의 공용 욕실을 쓰지 않고 1층 화장실로 갔다. 화장실의 작은 창문으로 어슴푸레한 새벽빛이 들었다. 하얀색 같기도 하고 푸른색 같기도 한 빛. 지선은 태어나서 처음으로 새벽의 빛을 본 것 같았다. 해가 뜨는 중일 텐데 왜 빨간색이나 주황색이 아니지? 이건 뭔가, 심상치 않다. 어쩌면 아주 소중한 것일지도 몰라. 지선은 빛이 떨어지는 곳에 두 발을 가지런히 모으고 잠시 서 있었다. 그날 지선은 후반 10분에 교체 출전했고 동점 골과 역전 골을 넣었다.

그날 이후 새벽 샤워는 지선의 중요한 일과가 되었다. 그래서 발목을 다치던 날에도 5시 반에 일어나 세면도구를 챙겼던 것이다. 숙소 1층의 화장실은 넓지 않아서 수증기가 금세 찼다. 그 속에서 콧노래를 흥얼거리다 보면 오늘의 축구도 잘될 것 같았다. 그런 기쁜 예감 속에서 지선이 떠올린 건 따뜻한 아침밥이었다. 오늘은 애들 먹이게 계란프라이를 좀 부쳐 볼까? 아무도 몰래, 짜잔! 무경이 집에서 가져온 들기름에 계란을 부쳐 밥그릇에 하나씩 놓아 주면 얼마나 좋을까. 얼마나 좋아할까. 지선은 얼른 부엌에 가고 싶어졌다. 서두르게 되었고 비누 거품을 밟고 미끄러졌다. 발목이 변기와 벽 사이에 끼면서 크게 꺾였다.

"아악!"

지선의 비명은 2층의 누구에게도 들리지 않았다. 그 소리를 들은 건 전근세였다. 전근세는 전날 학부모 몇 명과 읍내에서 술을 마셨고 음주 단속을 한다는 소식에 집으로 가지 않고 합숙소에서 잤다. 숙취를 안고 깨어나 담배를 피우고 들어오던 길에 지선의 비명을 들은 것이었다.

"안에 누구냐?"

전근세가 문을 두드리며 물었다.

"……코치님?"

"임지선이냐?"

"네."

"무슨 일이야."

"넘어졌어요. 발목이 돌아간 것 같아요."

"일단 나와 봐."

"못 일어나겠어요."

"참 가지가지 한다."

"죄송합니다."

"문 열어 봐."

"……."

"뭐 해. 열라니까?"

"제가…… 지금 씻는 중이었어요."

"그래서 뭐."

"옷을 입어야 되는데……."

그러니까 2층에 가서 누구를 좀 불러 달라는 뜻이었다. 하지만 전근세는 한숨만 푹 쉬었다. 화가 나신 걸까? 지선은 더 이상 말하지 못하고 수건걸이에 걸어 놓았던 옷을 당겨서 바닥에 떨어뜨렸다. 티셔츠와 바지가 물에 젖었다.

"멀었냐?"

"아뇨. 다 됐습니다."

말은 그렇게 했지만 아직이었다. 어렵사리 속옷은 입었고 티셔츠까지는 걸쳤지만 바지를 입을 수가 없었다. 발을 들어서 바지 구멍 안에 넣는 동작이 되지 않았다.

"야, 지선아."

"네?"

"어디까지 입었어?"

"……."

"대답을 해. 어디까지야."

"……바지를 못 입겠어요."

"다른 건 다 입었고?"

"네."

"문 조금만 열어."

지선이 망설이다 문을 열자 커다란 샤워 타월이 쑥 들어왔다. 지선은 그걸로 하반신을 가렸다. 문이 완전히 열리고 전근세가 등을 보이고 앉았다. 지선이 그 등에 업혔다.

발목 염좌였다. 넉넉잡아 3주면 나을 거라고 했다. 지선이 치료를 받는 사이에 전근세는 마트에 가서 일 바지를 한 장 사 왔다.

"2주면 다 나아."

전근세의 말에 지선은 안심했다. 여왕기에는 나갈 수 있어.

마음이 들떴다.

"저…… 코치님, 뭐 하나만 여쭤봐도 돼요?"

"뭔데."

"여왕기에서 저도 뛰나요?"

전근세는 잠시, 하지만 또렷하게 지선의 눈을 쳐다봤다.

"그럼 안 뛸래?"

지선은 기뻤다. 정말 많이 기뻤다. 몸이 기울면 눈물이 흐를 것 같아서 안전벨트를 꽉 붙들었다.

전근세와 지선이 숙소로 돌아왔을 때 아이들은 아침을 먹고 있었다. 무경의 부축을 받아 2층에 올라간 지선은 그날 하루를 누워서 쉬었다. 무경이 계란과 간장을 넣고 비빈 밥을 갖다줬다. 홀로 남은 지선은 바깥의 소리를 들으며 눈을 몇 번 깜박이다가 잠이 들었다. 잠깐 잤다고 생각했지만 세 시간을 넘게 잤다. 지선은 가족이 나오는 꿈을 꾸었다. 오전 훈련을 마치고 돌아온 무경이 지선의 이마에 손을 올렸다. 서늘하고 축축했다.

4

J여중 선수들은 훈련 첫날부터 군대식 기합만 받았다. 무경은 절인 배추처럼 축 늘어졌다. 지선이 저녁 반찬으로 만들어 준 참치찌개가 정말 맛있어서 마구 먹고 싶었지만 숟가락 들기도 힘들었다. 그쯤 되니 이상하다는 생각이 들었다. 이렇게까지 힘들 일인가? 그래도 우리가 운동하는 애들인데 하루만에 이렇게 퍼진다고? 다른 애들 얼굴도 잿빛 아니면 흙빛이었다.

이상하잖아.

날씨까지 이상했다. 마른하늘에 천둥이 쳤고 순식간에 먹구름이 몰려오더니 장대비가 쏟아졌다. 금방 그칠 비라 생각했는데 점점 거세졌다. 야간 훈련은 안 하겠지? 선수들은 기대했지만 전근세는 혼자서만 우비를 입고 나와 두 시간을 더 굴렸다. 지선은 군대 내무반처럼 만들어 놓은 생활관에 이부자리 열아홉 개를 미리 펴 놓았다. 창가에 서서 걱정스러운 눈으로 애들을 봤다. 앞으로 굴렀다 뒤로 구르고 몸을 V 모양으로 만든 채 버티는 아이들이 빗속에서 악, 악, 소리를 질렀다. 천둥과 번개가 칠 때마다 지선의 눈에 눈물이 맺혔다. 시간이 이상하리만치 더디게 갔다. 시간이 비에 쓸려가 버린 걸까? 지선은 자꾸 시계를 보게 됐다.

후들거리며 돌아온 무경은 걱정하는 지선에게 대답해 줄 힘도 없어서 우는 표정만 지었다. 지선이 정말 울려고 해서 무경은 떨리는 손으로 지선의 어깨를 토닥였다. 괜찮아. 나 괜찮아. 그런 뜻이었지만 사실 무경은 이러다 죽을 수도 있겠다고 생각했다.

끙끙 앓는 소리를 내며 잠든 아이들 사이에서 지선은 잠을 설쳤고 무경은 꿈을 꾸었다. 꿈속에서 무경은 불침번을 섰다. 오른쪽 복도 끝의 선수 생활관과 왼쪽 복도 끝의 전근세가 쓰는 방 사이에서 중앙 현관을 마주 보고 있었다. 시간은 새벽 4시 반, 혼자였다. 무경은 그 상황을 자연스럽게 받아들였다. 이런 곳에는 불침번이 있어야 마땅하지. 나는 주장으로서 마지막 순번을 맡아 6시가 될 때까지 아이들을 지킨다.

지킨다고?

무엇으로부터?

잠깐,

저기 뭐가 지나갔어.

비를 뚫고 비보다 빠르게 움직이는 무언가를 보았다. 그것은 건물의 우측 출입문을 열고 들어와 순식간에 계단을 올랐다. 무경은 그것이 지나간 자리를 멍하니 바라봤다. 꽝! 우레 소리가 한 번 들리고, 무경은 정신을 차렸다. 달려가 보니 활짝 열린 문으로 비가 들이치고 있었다. 물 묻은 발자국이 2층으로 이어져 있었다. 한 치의 망설임도 없이 올라간 듯했다.

어떻게 하지?

무경은 어두컴컴한 층계참을 올려다보며 고민했다. 코치에게 알린다. 모두를 깨운다. 그런 합리적인 판단은 하지 못했고 알 수 없는 용기와 책임감에 붙들려 무기로 쓸 만한 것을 찾았다. 무경이 손에 든 것은 먼지가 두껍게 쌓인 소화기였다. 발자국은 2층 복도가 시작되는 곳에서 끊겨 있었다. 복도의 모든 문이 활짝 열려 있었고 서로 마주 보는 문들 사이로 거센 바람이 불었다. 방 안에 있는 것들이 툭툭, 쏟아지듯 복도로 나왔다. 머리빗, 쓰레받기, 찢어진 신발, 나무 국자…… 그런 것들이 이리저리 튀었다. 그것들이 마치 살아 있는 것 같아서 무경은 걸음마다 소름이 돋았다.

귀신이구나. 내가 귀신에 씌었구나.

뒤돌아 내려가고 싶었지만 돌아볼 용기가 나지 않았다. 무경은 몸을 앞으로 숙이고 소화기를 가슴에 꼭 안았다. 한 발 두 발 앞으로 걸었다. 방에서는 뭐가 자꾸 튀어나왔고 어떤 것들은 무경의 어깨나 정강이를 때렸다. 이대로는 안 되겠다,

그냥 단숨에 중앙 계단으로 내려가자, 무경은 결심하고 냅다 달렸다. 그 순간 뭔가 이상한 기운이 정면에서 확 덮쳐 왔다. 눈을 떠 보니 반대편에서 검푸른색의 그것이 달려왔다. 그것이, 젖은 발로 2층에 휘적휘적 올라간 그것이라는 걸, 어떻게 알았느냐고 묻는다면 역시 꿈속이었기 때문이다. 무경의 꿈이니까 무경이 믿는 게 사실인 그곳에서 무경은 순식간에 덮쳐 오는 그것과 꼼짝없이 충돌을, 하기 직전에 정신을 잃었고 눈을 떴을 때는 1층 중앙 현관, 처음 그 자리였다. 시계는 여전히 4시 반을 가리키고 있었다. 꿈을 꿨나? 그런데 어찌 된 일인지 무경의 품속에 소화기가 들려 있었다. 무경은 놀라서 소화기를 놓쳤고 발가락을 찧었다.

"무경아. 얘, 무경아."

지선이 신음하는 무경을 깨웠다. 무경은 발가락을 천천히 움직여 봤다. 전기가 찌릿찌릿 왔다. 무경은 한숨을 쉬고 다리에 감각이 돌아오기를 기다렸다. 시계를 보니 4시 반이었다.

기상 시간이 되고 얕은 잠에서 깨어난 무경은 비명을 지르며 앞으로 고꾸라졌다. 이불을 정리하려고 양팔을 들었는데 왼쪽 어깨에서 목으로 이어지는 근육이 쥐어짜듯 아팠다. 사는 동안 한 번도 느껴 본 적 없는 통증이었다. 무경이 아파하는 자리에 지선이 손을 대고 쓰다듬었다. 무경의 목과 어깨는 돌처럼 단단하게 굳어 있었다.

"담이 온 거 같은데……."

지선이 말했다. 담……이라고? 무경은 살다 보면 그런 게 오기도 한다고 어머니에게 들은 적이 있었다. 손님 같은 거냐고 무경이 물었을 때 어머니는 곰곰 생각하다가 대답했다. 아니, 고약한 악당 같은 거야. 무경이 꼼짝을 못 하고 끙끙대는 사이 전근세가 왔다.

"넌 또 왜 그러냐?"

"어깨에 담이 왔나 봐요."

지선이 대답했다. 전근세는 코웃음을 쳤다.

"이게 어디서 뻥끼를 부려?"

그 말이 너무 야속해서 무경의 감았던 눈이 부릅떠졌다.

"그래서 뭐. 어떻게 아픈데."

전근세가 무경에게 물었다.

"누가 꽉 밟고 있는 것 같아요."

"누가?"

그게 중요한가? 무경은 이를 부득 갈았다. 그러면서도 생각했다. 뭐가 밟고 있나. 이 정도면 사람은 아닌 것 같아. 황소? 하마? 코끼리? 모르겠다. 대체 뭐가 나를 밟고 있나. 그러다 문득 알게 되었다.

그것이구나.

나를 향해 달려들던, 검푸르고 축축한 그것. 꿈에 나온 그것. 그것이 나를 밟고 있다. 내 어깨와 목 사이에 발을 들이밀고 꾹꾹, 꽈악, 꽉! 밟고 있는 거야.

무경은 베개 두 개를 쌓은 다음 왼쪽 얼굴을 댄 자세로 누워 오전 시간을 보냈다. 그렇게 있어야 조금이나마 견딜 만했다. 그래도 통증은 갑작스레, 정말이지 악당처럼 불한당처럼 엄습했고 무경은 이를 꽉 물고 아픔이 지나가길 기다렸다. 지선은 아무것도 해 줄 수 없는 무력감에 울상을 지었다.

"어떡해. 진짜 너 어떡해."

그러니까 지선아. 정말 어쩌면 좋지? 무경은 별안간 날아든 고통 앞에서 자신이 얼마나 나약한 존재인지 깨달았다. 시간이 흐를수록 몸으로 느끼는 통증보다 그 통증이 영원할 것 같다는 공포가 더 크게 무경을 짓눌렀다. 세 시간 만에 완전히 기운을 잃은 무경의 눈에 세상의 빛깔이 달라 보였다. 봄방학의 어느 날, 비디오로 빌려 봤던 홍콩 영화들의 톤처럼 푸르고 노란빛이었다. 그 영화들은 지선의 방에서 봤다. 표면이 둥근 브라운관에서 조금 흐릿하게 보이던 장면들. 그때를 기억하니 통증의 빈도가 잦아들었다. 울 듯 말 듯 하던 지선은 그 표정 그대로 졸고 있었다.

"얘 이거 해 줘라."

어느샌가 나타난 전근세가 지선에게 종이봉투를 줬다. 안에는 온열 찜질 팩이 들어 있었다. 전근세가 나간 뒤에 지선이 무경의 어깨에 팩을 대 주었다. 뜨뜻한 기운이 무경의 목과 어깨에 퍼졌다. 무경의 몸에서 긴장이 서서히 빠져나갔다. 통증이 없어진 건 아니었지만 조심해서 움직이면 편한 자세를 찾을 수 있을 정도는 되었다. 무경의 편안해진 얼굴을 보고 지선은 안도했다. 지선은 무경의 등을 쓸어 주었다. 무경은 그렇게 하면 잠을 잤다. 지선은 그걸 알고 있었다. 지선의 손길을 느끼며 무경은 느릿느릿 잠에 빠졌다. 나른해진 무경의 귀에 지선의 말소리가 들렸다.

"코치님 있잖아. 생각보다 좋은 사람인지도 모르겠어."

무경은 지선이 언제까지고, 가능하다면 한 천 년쯤, 나를 재워 줬으면 좋겠다. 생각하면서 지선의 말에 대답했다.

그럴 수도 있지. 그럼 좋지.

그 말은 꿈속에서 한 말이어서 지선은 듣지 못했다.

오후 3시가 조금 지났을 때 무경과 지선은 몰래 숨겨 왔던 잡지를 보면서 놀았다. 잘생긴 남자 모델의 인터뷰가 실려 있었는데 무경이 인터뷰어를, 지선이 모델을 맡아 소리 내어 읽었다. 어른 남자의 목소리를 따라 하며 읽다 보니 자꾸 웃음이 터졌다. 무경은 웃을 때마다 어깨가 아팠지만 그래도 계속 읽었다.

바깥의 공기가 달라진 건 그즈음이었다. 그곳에 머물던 J여중 축구부만큼의 사람들이 새롭게 왔고 그들의 걸음과 숨소리 같은 것이 공기를 조금씩 바꾸어 놓고 있었다.

"재가 걔야?"

지선이 가리킨 '재'는 바로 '걔', J중학교 축구부의 주장, 안창현이었다. 안창현은 가뿐하게 걸어왔다. 안창현이 챙겨 온 일주일 분의 짐(축구화와 유니폼과 수건과 세면도구 그리고 스킨병에 담아 온 소주와 양말 속에 감춘 담배)은 1학년들이 나눠 들었다. 안창현은 마실 나온 사람처럼 여기저기 둘러보며 걷다가 창가에 서 있는 무경과 지선을 발견했다. 그리고는 싱긋, 웃으며 손을 흔들었다.

"저 새끼는 쓸데없이 눈이 밝고 지랄이래."

무경은 못 본 체했고 괜히 민망해진 지선이 손을 마주 흔들었다. 안창현은 지선을 보며 더 밝게 웃었고 뒤따라오던 1학년을 부르더니 뭐라고 말을 했다. 1학년이 무경과 지선 쪽으로 쭈뼛쭈뼛 인사를 했다. 안창현이 1학년의 뒤통수를 톡톡 쳤다. 무경이 창가를 떠나 침상에 앉았고 지선은 창밖의 안창현과 무경 사이에 서 있었다.

5

무경과 안창현은 초등학교 3학년 때 같은 반이었다. 안창현은 3학년이 되자마자 축구부에 선발되었다. 자그마한 몸으로 형들 사이를 휙휙 휘젓는 모습이 보는 이들의 감탄을 자아냈다. 감탄하던 사람 중에는 무경도 있었다. 우연히 축구부 연습을 보았고 그날 밤 꿈에서 안창현이 드리블하는 모습을 몇 번이고 봤다. 무경은 아침에 눈을 뜨면서 이런 결심을 했다.

축구를 배울 거야.

무경의 인생에서 그만큼 강렬하게 끌린 일은 없었다. 학교에 가자마자 무경은 담임 선생님에게 갔다. 선생님은 아이들을 자주 안아 주고 아유 예뻐라, 어머나 멋지구나, 그런 말을 많이 하는 사람이었다.

"무경아. 축구는 멋있는 사람들이 하는 거란다. 예쁜 사람이 아니라."

선생님은 그렇게 말한 다음 무경을 한 번 꼭 안고 머리를 쓰다듬었다. 자리에 가서 앉으라는 뜻이었다. 무경은 그날 수업에 전혀 집중하지 못했다. 선생님이 했던 말이 이해되지 않아서였다. 4교시에는 제때 대답을 못 해서 교실 뒤에 서 있어야 했다. 종례가 끝나고 다른 아이들이 교실을 떠난 뒤에 무경은 다시 선생님에게 갔다.

"저 축구 하게 해 주세요."

선생님은 이 아이를 어떻게 해야 하나 고민에 잠겼다. 축구가 너에게 좋지 않은 이유를 어떻게 설명해야 할까. 이런저런 말들이 머릿속에 지나갔지만 무경의 눈빛을 보니 먹혀 들 것 같지가 않았다. 선생님은 여러 말 하는 대신에 무경의 손을 잡고 축구부 코치에게 갔다. 자초지종을 들은 코치는 피식 웃었다. 그러고는 뒤에서 몸을 풀고 있는 아이들 쪽을 돌아보며 말했다.

"애들아, 얘가 축구 하고 싶다는데?"

아이들이 와하하 웃었다. 이 정도면 대답이 되지 않았니? 말하듯이 코치가 무경을 봤지만 무경은 그 애들이 웃는 이유를 알 수 없었다.

"봤지 무경아? 네가 얼마나 말이 안 되는 소리를 한 건지 이제 알겠니? 여자는 남자들과 축구를 할 수 없어요. 이만 돌아가서 공기놀이 같은 걸 하렴. 예쁘게 앉아서 말이야."

인자한 미소를 지으며 말한 선생님은 무경의 손을 잡고 돌아가려 했다. 무경은 다리에 힘을 딱 주고 버텼다.

"아니, 얘가 왜 이렇게 힘이 세……?"

선생님의 얼굴이 빨개졌다. 아이들이 또 웃었다. 무경이 어른의 힘을 버티는 것에 조금 놀랐던 코치도 선생님과 눈이 마주치자 헛기침을 하며 고개를 돌렸다. 선생님이 손을 놓는 바람에 무경이 엉덩방아를 찧었다. 더 큰 웃음이 터졌다. 무경은 별일 아니라는 듯이 일어나서 엉덩이에 묻은 모래를 털었다. 선생님은 고개를 저으며 자리를 떴다. 코치가 무경의 앞으로 다가왔다.

"그렇게 하고 싶어?"

무경이 고개를 끄덕였다. 코치는 들고 있던 막대기로 반지름 1미터 정도의 원을 그렸다.

"이렇게 하자. 내가 저기에서 공을 찰 테니까 이 동그라미 안에서 받아 봐. 손만 빼고 몸의 어디로든 받기만 하면 돼. 대신 땅에 떨어지기 전에 받아야 해. 공이 원 밖으로 나가면 실패야. 다섯 번 중에 한 번이라도 성공하면 축구를 가르쳐

주마."

"알겠어요."

무경의 눈이 빛났다. 코치는 한숨을 쉬었다. 지금 뭘 하자는 건지 알아듣긴 했나? 누가 봐도 성공할 리 없는 일이었다.

"선생님, 제가 차도 돼요?"

손을 든 건 안창현이었다.

"우리 반 친구거든요."

안창현이 나선 건 다른 이유 때문이었다. 안창현에게 축구는 굉장히 중요하고 소중한 것이었다. 주변의 인정과 형들의 사랑을 독차지할 수 있는, 말하자면 경쟁에서 이기기 위한 생존 수단이었다. 그걸 본능적으로 알게 된 안창현은 자기와 같은 학년의 다른 누군가가, 그것도 여자애가 축구를 하겠다고 말하는 게 보기 싫었다. 할 수 있는 한 크게 망신을 주고 싶었다.

안창현은 무경과 20미터 정도 떨어진 나무 옆에서 공을 찼다. 공을 살짝 띄운 다음 발등으로 찬 공이 무경을 향해 날아갔다. 빠르지는 않았지만 포물선의 각도가 높았다. 그 정도로도 무경이 겁을 내고 도망갈 거라 생각했다. 무경은 정점을 향해 올라가는 공을 가만히 쳐다보았다. 구름 한 점 없는 파란 하늘을 반으로 가르며 날아오는 공이 무경의 눈에 너무나 아름다워 보였다. 무경은 자신을 향해 떨어지는 공을 계속 보고 있다가 땅에 닿기 직전에 발목에 힘을 주고 발끝을 세워 톡, 건드렸다. 공은 무경의 발아래에 멈췄다. 스탠드에 앉아서 그 광경을 지켜보던 코치는 하마터면 벌떡 일어나 무경에게 달려갈 뻔했다. 재 지금 트래핑을 한 거야? 운동장이 일순 고요해졌다. 안창현이 공을 차는 세기는 점점 강해졌다. 마지막에는 슈팅 정도의 강도였고 공은 거의 직선으로 무경에게 날아갔다. 무경은 역시나 공을 끝까지 보고 다리를 들어 발 안쪽으로 공을 잡았다. 코치는 머리를 한 대 얻어맞은 느낌이었다. 무경이 공을 잡을 때 오른쪽 어깨를 열면서 다리를 살짝 뒤로 당겨 공의 속도를 완벽히 죽이는 걸 봤기 때문이다.

말이 안 되잖아.

무경처럼 공을 잡을 수 있는 선수는 6학년에도 드물었다. 그날 이후로 코치는 따로 시간을 내서 무경에게 기본기를 가르쳤다. 5학년이 되었을 때는 3, 4학년 남학생들과 같이 공을 차게 했고 6학년 때는 전근세에게 무경을 소개했다. 그는 무경의 재능을 소중히 보고 아꼈다. 무경에게 틀림없이 귀한 사람이었으나 무경의 단 한 가지 소원은 들어주지 않았다. 무경의 소원이란, 안창현과 직접 겨룰 기회를 얻는 것이었다. 무경이 홀로 공을 차고 있을 때 안창현이 했던 험한 말들과 친구들을 데리고 와서 했던 치졸한 짓들을 다름이 아닌 축구로 되갚아 주고 싶었기 때문이다. 자신은 있었다. 그러나 코치는 허락하지 않았다.

"다쳐. 큰일 난다."

그리하여 무경의 마음에는 안창현에 대한 분노가 풀릴 길 없이 쌓였다.

중학생이 된 후로 안창현은 승승장구했고 매년 소년 체전에 출전해서 이름을 알렸다. 무경은 그런 소식들을 신경 쓰지 않으려 했으나 때때로 분한 마음이 드는 것은 어쩔 수 없었다. 내가 더 잘할 수 있는데. 하지만 여자 축구는 아직 소년 체전의 정식 종목이 아니었다.

무경은 안창현과 되도록 마주치지 않으려 노력했다. 하지만 이게 웬걸, 피할 곳도 없는 폐교에서 안창현과 마주한 것이었다.

꿈에서 봤던 것보다 더 끔찍한 게 왔다.

무경은 조금 풀렸던 어깨가 다시 뭉쳐 오는 걸 느꼈다.

6

합숙 훈련이 끝나고 2주 뒤에 지선의 다리는 완치되어 있었다. 전근세가 말한 대로였다. 지선이 또 다치는 일은 일어나지 않았고 축구 선수로서의 능력은 하루가 다르게 만개했다. 공을 차지 못하던 때에도 식단과 상체 운동을 게을리하지 않은 덕분이었다. 이미 그 일들은 지선에게 습관이 되었고 그건 전근세의 의도대로였다. 그러므로 지선은 언제든지 가장 좋은 위치를 잡고 무경의 공을 받아 낼 수 있었다. 그러나 그런 일도 다시는 일어나지 않았다. 여왕기 축구 대회가 열리던 6월의 하순, 지선은 교실에 앉아 울었다. 무경이 곁에 없어서 지선이 울고 있다는 걸 알아주는 사람이 없었다. 무경은 대회 장소인 울산에 가 있었다.

"잘하고 와."

대회 전날, 지선은 무경의 주머니에 손을 쑥 집어넣었다. 잡지에서 오린 이효리 사진 뒷면에 쓴 쪽지였다. 무경은 그것을 잘 접어서 정강이 보호대 뒤에 끼우고 시합에 나섰다. 여기에 없지만 여기에 있는 지선이와 함께 뛴다. 마음속으로 되뇌면서.

"이제 그만하려고."

지선이 건조하게 했던 말은 무경의 가슴에 폭풍을 일으켰다. 지선의 집에서 기르던 개 '뭉치'가 죽었던 날이었다.

전날 밤 지선은 라디오에서 넥스트의 「날아라 병아리」를 듣고 펑펑 울었다. 슬프고, 또 무서웠기 때문이다. 죽음, 무덤 같은 단어를 담고 있는 가사를 노래하는 신해철의 목소리는 끊어질 듯 끊어지지 않았다. 지선의 마음에 조금씩 균열이 생겼다. 불 꺼진 방에서 혼자 노래를 들으며 지선은 뭉치의 죽음을 상상했다. 열여섯, 지선과 나이가 같았던 뭉치는 이미 노견이었다. 앞을 잘 보지 못했고 후각이 쇠해서 밥을 가져다주면 엉뚱한 곳을 킁킁댔다. 그런 뭉치가 사라진 지 사흘째였다. 집에서 뭉치를 찾아다닌 사람은 지선뿐이었다. 노래가 끝났을 때 지선은 뭉치의 죽음을 확신하게 되었다. 어디 나쁜 곳에서 아프게 죽었을까 봐, 그게 너무 무서웠다. 지선은 그 생각에 사로잡혀 완전히 얼어붙었고 악몽을 꾸었다.

다음 날 아침에 지선은 개집 앞에서 빳빳하게 굳은 뭉치를 보았다. 입의 왼쪽으로 길게 늘어진 혀는 보랏빛이었다. 뭉치는 지선의 창가 쪽으로 앞발을 가지런히 모으고 있었다. 뭉치가 젊었고 지선이 어렸던 시절에 둘은 앞발과 손을 붙잡고 춤을 추곤 했다. 아침 햇살 탓인지 뭉치의 발에 아직 온기가 남아 있는 것 같았다. 지선은 마당에 놓인 끌차에 뭉치를 싣고 집 밖으로 나갔다. 계절은 여름의 초입, 그러나 산속의 땅은 단단했고 지선은 삽질을 하다가 손을 다쳤다. 두 시간이 지나서야 겨우 뭉치를 묻을 수 있었다.

지선은 눈물을 쓱, 훔치고 산을 내려갔다. 지선의 귓전에 지난밤에 들었던 노랫말이 맴돌았다. 끌차에 삽을 던져 넣고 합숙소로 갔다. 지선을 먼저 발견한 무경이 손을 흔들며 달려왔다. 지선의 다리가 아직 다 낫지 않은 줄 알고 있었던 무경은 지선이 잘 걷는 걸 보고 아주 기뻐했다.

"다 나았어? 이제 뛸 수 있는 거야?"

지선은 기대로 가득 찬 무경의 눈을 피해 자신의 발을 봤다. 다 나았지. 뛸 수 있지. 그러니까 이제 말을 해야지.

무경은 지선의 말이 진심이 아닐 거라 믿었다. 설령 진심이라고 해도 그 마음을 돌릴 수 있을 거라 생각했다. 일단 우승을 하고 올게. 그러면 내가 너를 데리고 고등학교에 갈 수 있대. 내가 그렇게 만들게.

그러나 J여중은 준결승에서 한 골 차이로 졌다. 두 게임을 이기고 한 게임을 졌는데 빈손으로 돌아와야 했다. 마지막 시합의 마지막 찬스, 무경이 자로 잰 듯한 크로스를 올렸으나 그것을 받아야 할 지선은 없었고 공은 반대편 사이드라인 밖으로 나갔다. 세 번의 시합에서 무경 혼자만 다섯 골을 넣었고 다른 선수들의 공격 포인트는 없었다. 돌아오는 버스 안에서 무경은 그만큼의 외로움을 느꼈다. 주머니 안에 고등학교 코치들이 준 명함이 여러 장 들어 있었지만 하나도 기쁘지 않았다.

다음 날 지선이 무경의 집 앞에 찾아왔다. 챠릉챠릉. 무경은 그 소리를 듣는 것만으로도 지선이 와 있다는 걸 알았다. 그런 소리를 내는 자전거는 마을에 지선과 무경의 것뿐이었다. 지선과 자전거를 타는 일을 무경은 좋아했다. 똑같이 생긴 자전거를 타고 지선과 같은 바람을 맞을 때면 하나의 기분을 나눠 가진 듯한 느낌이었다. 시원하면서도 따뜻하고 달콤하면서도 짭짤한 바람의 맛. 그러나 그날은 평소와 달랐다.

"무경아!"

뒤에서 따라가던 지선이 무경을 불렀다. 무경이 돌아보자 지선이 위험할 정도로 옆을 바짝 스쳐 갔다. 지선의 얼굴과 땀방울, 날리는 머리카락이 무경의 흔들리는 시야 속에 들어왔다가 사라졌다. 무경은 중심을 잃을 것 같아서 브레이크를 잡았다. 지선은 쉬지 않고 페달을 밟았다. 초여름 땡볕이 정수리 위로 떨어지는 정오, 엉덩이를 들고 경사를 오르는 지선의 종아리가 무척이나 단단해 보였다. 몸이 저렇게 좋아졌는데…… 무경은 안타까웠다. 그 순간, 지선의 몸이 자전거와 함께 왼쪽으로 기울었다. 무경의 눈에 그 모습은 슬로 모션이 걸린 것처럼 보였다. 의식을 잃은 사람처럼 몸을 늘어뜨린 지선은 아무런 저항도 없이 넘어졌다. 그 순간은 당연히 아주 짧았고 지선은 순식간에 농업용 배수로로 떨어졌다.

무경은 자전거를 내던지고 달려갔다. 2미터 남짓 깊이의 배수로에는 물이 발목 정도만 차 있었다. 주저앉은 지선의 팔꿈치와 무릎에서 피가 흘렀다. 무경은 아무 말도 하지 못했다. 일어날 일이 일어난 것이라는 생각이 들었다. 지선이 언젠가 저럴 것 같았다고, 오래전부터 알고 있었던 것 같은 기분.

그러나,

무경은 아직 아무것도 모르고 있었다.

그때 지선은 연습을 해 본 것뿐이었다. 뛰어내리는 연습이었다. 진짜 그걸 해야 하는 때가 오면 망설이지 않으려는 연습. 그러니까 지선이 하려는 것은, 죽는 일이었다.

7

지선이 어째서 죽음에 대해 생각하기 시작했는지 이해하기 위해서는 합숙 훈련의 마지막 날에 있었던 일부터 이야기해야 한다.

합숙 기간에 J중 축구부원들은 학교 건물의 반대편에 있는 컨테이너 박스에서 생활했다. 일부러 여자 숙소와 남자 숙소를 멀찌감치 떨어뜨려 놓은 것이었다. 그렇다 한들 꽃망울처럼 피어나는 아이들이 서로에게 흘려보내는 마음을 막을 수는 없었다. 훈련 중에는 티 내지 않고 있다가 숙소에 들어가서는 그 애 귀엽더라, 아까 걔가 너 쳐다보는 것 같던데, 왁자지껄 떠들었다. 무경은 그저 하루라도 빨리 안창현을 그만 보고 싶었다. 애들이 안창현을 두고 멋있네 어쩌네 하는 소리를 들으니 정말 너무 싫었다. 누군가를 미워하는 일에 쓰는 에너지 때문에 무경은 온몸의 힘이 다 빠져나가는 것 같았다.

시간은 느리지만 정직하게 흘렀고 J여중의 합숙 마지막 밤이 왔다.

그 밤에 지선과 안창현이 만났다.

저녁 시간에 지선이 만든 소고기카레가 J중 아이들의 식탁에도 올라갔고 고맙다는 말을 하러 온 안창현이 수박을 썰어 주면서 지선에게 전화번호가 적힌 쪽지를 슬쩍 주고 갔다. 모두가 깊이 잠들 때까지 망설이던 지선은 안창현에게 문자 메시지를 보냈다.

자정. 학교 뒤뜰의 주차장. 먹구름이 낮게 깔리고 뜨듯한 바람이 세게 불던 밤.

온갖 풀벌레들이 크게 울어 대서 서로의 말을 들으려면 가까이 붙어야 했다. 안창현은 무경과 초등학교 때 있었던 일들을 이야기했다. 철저히 안창현 좋을 대로 기억하는 것들이었다. 그럼에도 지선은 그 이야기를 재미있게 들었다. 자신이 모르는 때의 무경의 이야기라서 그랬다. 지선은 안창현에게서 무경에 관한 것을 조금 더 듣고 싶었고 그러다 보니 이런저런 것을 묻기도 했다. 지선의 얼굴에 긴장이 사라지고 웃음이 번졌을 때 안창현이 품에서 스킨 병을 꺼냈다.

"이거 마시자."

"그걸 어떻게 마셔."

"아, 이거 소주야."

"그래도 그걸 어떻게……."

"뭘 어떻게야. 그냥 물 먹듯이 먹는 거지."

"쌤들한테 걸리면 어떡해."

"쌤들 술 먹으러 나갔어. 내가 아까 다 확인했지."

약간의 실랑이가 조금 더 이어졌으나 결국 지선은 안창현과 술을 마셨다. 소주가 원래 그런 건지 스킨 병에 담아 놔서 그런 건지 맛도 냄새도 이상했지만 또 어쩐 일인지 곧잘 넘어갔다. 시간은 어느덧 새벽 1시를 지나고 있었고 공기가 슬슬 차가워지는데도 지선은 춥지 않았다. 둘은 병 두 개에 담긴 소주를 다 마셨다. 안창현은 하늘로 고개를 젖히고 담배를 물었다. 지선은 조금 어지러웠고 그만 들어가야겠다고 생각했다. 이 아이와 다시 만나게 될까? 지선은 자신의 마음이 궁금했다.

"여기 다 뭐라고 써 놓은 거야?"

안창현이 지선의 발에 고개를 가까이 하고 물었다. 안창현은 발목 깁스에 축구부원들이 적어 준 것들을 읽고 있었다.

"와! 박무경이 이런 말도 할 줄 알아?"

안창현이 피식피식 웃었다. 그럴 때마다 콧김이 지선의 발가락에 닿았다. 지선이 얼굴을 붉히며 다리를 접으려 하자 안창현이 발목을 잡았다.

지선을 구해 준 사람은 전근세였다. 안창현이 지선을 괴롭히던 순간을 늦지 않게 발견했다. 그날 밤 두 학교의 선수들은 해가 뜰 때까지 기합을 받았다. 지선은 자기 때문에 아이들이 고생하는 게 미안해서 고개를 푹 숙인 채 밤새 울었다. 나만 혼내 주세요, 제발요. 그런데도 전근세가 야속하다는 생각은 들지 않았다. 그가 오지 않았다면 큰일이 났을지도 몰랐다. 안창현의 핏발 선 눈이 자꾸만 떠올랐다.

합숙 훈련에서 돌아온 후에 지선의 뒤로는 많은 말들이 따라붙었다. 지선에게도 잘못이 있지 않았겠냐고. 여자애가 그 밤에 남자애랑 술을 왜 먹느냐고. 여지를 줬으니 그런 일이 생겼을 거라고. 지선은 혀를 깨물고 죽고 싶다는 생각을 했다. 그런 지선을 도와준 것도 전근세였다.

"너 잘못한 것 없다."

지선은 그 한마디에 기대어 버텼다.

잘못하지 않았다.

무경도 해 준 적 없는 말이었다. 무경은 그걸 오래 후회했다. 그 말을, 다른 말보다도 그 말을, 제일 먼저 했어야 했는데. 전근세는 몇 번이고 그 말을 해 주면서 지선을 도왔고 안창현의 부모에게서 사과문을 받아 왔다. J중 코치는 그쯤에서 멈춰 주길 전근세에게 부탁해 왔다.

"우리 팀 사정도 생각해 줘라. 창현이 없으면 어떡하란 거냐."

사과문에는 약간의 합의금도 들어 있었다. 정말로 약간이었고 사과의 문장들은 상투적이었지만 어쨌든, 사과를 받았다는 사실이 중요했고 그것만으로도 소문은 제법 누그러졌다. 지선은 조금이나마 위로를 받은 기분이었다. 그렇게 잠잠해지는 듯했다.

8

여름 방학을 이틀 앞두었던 날에 지선은 무단 조퇴를 했다. 무경이 화장실에 다녀온 사이에 지선의 자리는 비워져 있었다. 무경은 수학 교과서 귀퉁이에 지선이 조그맣게 써 놓은 것을 봤다. 무경 역시 무작정 학교를 나왔다. 정신 나간 사람처럼 지선을 찾아 헤맸다. 자전거 페달을 밟는 허벅지가 터질 것 같았지만 멈출 수는 없었다.

지선아.

그게 무슨 말이야.

끝낸다니.

대체 무엇을.

지선을 발견한 사람은 개미슈퍼 할머니였다. 읍내의 은행에 다녀오던 할머니는 버스 안에서 지선을 보았다. 지선은 다리 난간에 기대어 강물 쪽으로 상체를 늘어뜨리고 있었다. 할머니는 다리 위에서 버스를 멈춰 세웠다.

지선은 배를 난간에 걸치고 시소처럼 기울고 있었다. 반동이 더 격해지면 상반신이 아래로 훅 떨어지고, 그러면 풍덩, 물에 빠질 수도 있지 않을까? 그러면 어떨까? 내가 그럴 수 있을까? 그 일은 언제 일어날까? 지금이 아니어야 하는 이유는 뭘까? 해가 지고 물이 더 차가워지기 전에…… 지선은 난간에 기댄 몸을 천천히 일으켰다. 크게 호흡을 한 번 하고 난간을 붙든 다음 왼쪽 다리부터 올렸다. 바로 그때,

"뭐 하는 짓이냐!"

할머니가 지선의 목덜미를 꽉 움켜쥐었다. 놀람과 아픔, 그리고 산 사람의 온기가 지선의 뒷목에 번졌다. 지선은 몸을 돌려 할머니를 마주 봤다. 강에서 불어온 바람이 목덜미를 훑고 갔다. 지선은 강을 등지고 서서 울었다.

개미슈퍼 안방에서 지선은 무경에게 전화를 했다. 산발이 된 머리와 땀범벅이 된 얼굴로 자신을 찾으러 다니고 있을 무경이 눈에 선했다.

무경은 정말로 그렇게 있었다. 지선이 굴렀던 배수로에서부터 아지트처럼 숨어 있기 좋았던 폐비닐하우스, 빛이 나는 돌멩이를 주머니에 넣었던 철길까지, 정신없이 돌아다녔다. 해 질 녘에는 완전히 지친 몸으로 둑방에 앉아서 물이 흐르는 것을 봤다. 뭔가 떠내려오는 게 있으면 그게 지선일까 봐 몇 번이고 일어났다가 가슴을 쓸어내리며 앉았다.

지선의 연락을 받고 한달음에 개미슈퍼로 달려가 지선의 무사를 확인한 순간부터 겨울까지의 시간은 무경의 기억에 흑백 무성 영화처럼 남았다. 얼굴은 빛을 잃고 입은 말을 잃고. 살기는 했으나 산 것 같지 않은 시간. 그런 날들이 무경을 그리고 지선을 통과했다. 지선이 먼저 겪고 있었고 무경이 함께 겪게 되는 것. 그것은 어쩌다가 일어나게 되었나.

믿었기 때문에.

지선은 전근세를 믿었고 믿은 만큼 다쳤다. 뭘 믿고 그렇게 믿었느냐고. 지선은 그런 말을 수도 없이 듣게 됐다. 조심을 했어야지. 남자란 다 그러니까. 그렇게 태어났으니까. 조심을 해야 하는 거야. 네가 조심했어야 하는 거라고. 조심하지 않은 너에게도 책임이 있어.

지선은 묻고 싶었다.

그럼 내가 그때 무엇을, 누구를 믿었어야 해? 그 사람이라도 믿지 않았으면 내가 어떻게 버틸 수 있었겠어?

그러나 말하지 못했다. 지선은 자신을 원망하는 쪽을 택했다. 그게 유일한 방법이었다. 그때의 지선이 상상할 수 있는 최선이었다. 벌을 주고 사과를 받아 낼 용기는 나지 않았으니까. 모든 것을 자신의 잘못으로 돌리면, 그다음엔 자신을 용서하기만 하면 되니까. 잘못한 것도 나, 용서하는 것도 나, 용서받는 것도 나, 그것으로 끝. 그러나 지선은 자신을 용서할 수 없었다. 지선은 마음 깊숙한 데서부터 무너졌고 축구를 그만뒀고 무경 앞에서 다쳤고 아무도 몰래 죽으려고 했다.

안창현에게서 사과를 받은 뒤, 그러니까 여왕기 개막을 열흘 정도 앞두었던 날, 지선이 아직 축구 선수였던 때, 전근세가 지선에게 전화를 걸었다.

"쌤이랑 바람이나 쐬고 오자."

지선은 좋다고 했다. 싫을 이유가 없었다. 그때의 지선은 전근세를 믿고 의지했다. 그에게 어떤 말을 듣는 것만으로도 많은 것이 괜찮아졌다. 잊고 새로 시작하자. 그런 긍정적인 생각이 아직은 가능하던 때였다.

그리고 그날,

전근세는 지선을 추행했다. 지선은 자신에게 무슨 일이 일어난 것인지 며칠이 지나서야 정확히 이해할 수 있었고, 풀썩, 무너졌다.

그리고 무경은 그 이야기를 개미슈퍼에서 알게 되었다.

"잊어버려라. 여자애가 그런 일로 구설에 오르면 못 쓴다."

할머니가 말했다. 지선은 사실 그러고도 싶었다. 무경이 알았으니, 내 마음 알아주었고 의심 없이 믿어 주었으니 됐다. 그러지 않을까 봐 너무 무서웠는데 모두 걱정일 뿐이었으니까 살 수는 있겠다. 그런 생각이 들었다. 사람들의 눈과 입에 완전히 질려 버린 지선이었다. 축구와 함께 전근세도 안창현도 이대로 잊어버려야지.

하지만 무경의 생각은 달랐다. 무경은 지선을 설득했다. 나쁜 놈들이 떳떳하게 사는 걸 두고 볼 거냐고. 그리하여 무경은 지선의 아픔과 억울함을 알리기 위해 활활 타오르는 불처럼 달려들었다. 무경이 후회하는 날은 그리 오래지 않아 찾아왔다.

모든 일은 개미슈퍼 할머니가 말한 대로 흘러갔다.

임지선이랑 축구부 코치가 잤대.

어디서 시작되었는지 모를 왜곡된 말들이 유령처럼 부유했다. 전근세는 건강상의 문제로 사임 의사를 밝혔고 학교는 서둘러 받아들였다. 그사이 안창현과 관련된 이야기가 다시 수면 위로 올라왔다. 말들이 만드는 파도는 멈출 줄 몰랐다. 무경은 아무것도 바꾸지 못했고 지선은 더 다쳤다. 무경과 지선은 습관처럼 자책을 했다. 믿지 말걸, 그러지 말걸, 하지 말걸, 가만히 있을걸. 파도는 해일이 되어 두 사람을 덮쳤다. 지선과 무경이 작당해서 코치를 몰아낸 것이라는 이야기가 사실처럼 돌았다. 둘이 같이 뛰고 싶어서 팀에 분열을 일으켰다는 이야기도 함께였다. 어쩐 일인지 축구부의 누구도 사실이 아니라고 말해 주지 않았다.

요즘 계집애들 참 영악하다니까. 어떤 교사들은 수업 시간에 그렇게 말했다. 그렇게 소문은 소문이 아니게 됐다. 그런 말들이 어디서 시작되는 건지 무경은 너무 알고 싶었다. 알아내서 죽여 버리면 이 마음이 조금은 풀릴까? 그러나 당연히 알 길은 없었다. 학교는 새 코치를 구하려는 노력을 하지 않았다. 그즈음 교문에는 '명품 교육 명품 학력'이라 새긴 아치형 구조물이 올라가 있었다. 예산만 잡아먹고 성과는 없는 축구부는 이참에 없앱시다. 그러나 그것은 어디까지나 행정과 재정의 영역, 재미없는 내부 사정이었다. 사람들이 믿은 것은 지선과 무경이 축구부를 박살 냈다는 이야기였다. 사람들의 손가락에 둘러싸인 지선과 무경은 각자의 방식대로 주저앉았다.

9

2학기가 시작된 뒤에도 지선이 한참을 학교에 나오지 않자 다시 지저분한 소문이 돌았고 무경은 그 이야기를 입에 올린 애를 눕혀 놓고 밟았다. 할 수 있는 일이 그런 것뿐이라는 사실이 무경을 비참하게 했다. 이곳을 떠나자, 멀리, 아주 멀리. 도망이든 뭐든 좋으니까 가자. 하지만 지선은 그럴 처지가 아니었다. 지선은 아버지에게 하루가 멀다 하고 맞았다. 머리를 깎였고 눈과 목에 피멍 자국이 마를 새가 없었다. 보다 못한 어머니가 아버지 몰래 보증금 없는 반지하방을 구해 지선을 피신시켰다. 지선의 아버지는 무경에게까지 찾아와 지선이 있는 곳을 대라고 난리를 피우기도 했다. 무경은 지선의 어머니에게 무슨 일이 벌어지고 있을까 상상하면서도 모른다고 대답할 수밖에 없었다. 물론 거짓말이었다. 지선은 그 방에서 확실하게 망가져 갔다. 이거 아니라고, 이렇게 살면 안 된다고, 무경은 말하고 싶었지만 차마 말할 수 없었다.

무경은 낙인과 따돌림 속에서 중학교 마지막 학기를 마쳤고 다른 지역의 고등학교에 가기로 했다. 지선은 수업 일수를 채우지 못해 유급을 당했다.

"걱정 마. 내년에 다시 다니지 뭐."

지선의 말을 무경은 믿지 않았다. 그즈음 지선이 하는 말은 대부분이 순간을 모면하기 위한 것에 불과했다. 멀리에서 오는 시간을 계획하고 고민할 힘이 지선에겐 없었다.

"그래. 일단 졸업하고 나 있는 데로 와. 같이 살자."

무경은 지선에게 말했지만 그게 지선을 위해 옳은 것인지 확신이 서지 않았다. 모든 말과 행동 앞에서 망설이는 동안 새해가 왔다. 세상은 다시 바싹 말랐고 어디에든 손을 대면 퍼석, 소리를 내며 바스러질 것 같았다. 무경이 보기에 세상이 지선과 많이 닮아 있었다. 어쩌면 지선이 세상을 닮은 것일지도 몰랐지만 그렇게는 생각하지 않으려 했다. 그게 맞는다면, 이대로 그 무엇도 돌아오지 않을 것 같아서였다.

졸업식 날에는 일기 예보에 없던 큰 눈이 내렸다. 무경은 학교에 가지 않고 지선을 보러 갔다. 눈 쌓인 교정에서 졸업생들이 사진을 찍고 운동장에 이름을 새기는 동안 무경과 지선은 라면을 끓여 먹고 만화책을 봤다. 두 사람이 이불 속에

웅크리고 있는 동안 안창현은 설레는 마음으로 고등학교 합숙소에 가져갈 짐을 꾸렸고 전근세는 선배에게서 권유받은 초등학교 축구부 코치 자리 두 개를 놓고 고심했다.

무경과 지선이 잠에서 깨어났을 때는 하늘이 맑게 개어 있었다. 둘은 건물 옥상에 올라가서 눈 구경을 했다. 쌓인 눈 위로 햇빛이 반사되었고 초록색 모자를 쓴 노파가 빗자루로 눈을 쓸며 오르막길을 내려갔다. 지선은 빗자루를 휘두르는 노인의 동작과 눈이 쓸리는 소리에 마음을 뺏겨 한참 그 모습을 봤다. 지선의 코와 귀가 빨갰다. 무경이 지선에게 목도리를 둘러 주었다. 지선이 그 속에 고개를 깊이 묻었다.

퍽, 퍽.

다시 아래를 보니 동네 주민들이 연탄재를 바닥에 던지고 있었다. 노파가 쓸어 놓은 길 위로 연탄재가 깔리고 눈이 쌓였던 길은 지저분해진 만큼 안전해졌다. 사람들은 금세 자신들의 집으로 돌아갔고, 무경과 지선은 텅 빈 길을 말없이 내려다보다가 교회 지붕의 십자가들이 불을 밝히기 시작했을 때 방으로 들어갔다. 둘은 저녁 어스름 속에 숨어 잠을 잤다. 무경은 깨어나면 잊게 될 꿈을 꿨다. 사람이 사람과 죽는 꿈이었다.

열다섯

— 예찬과 종률

1

무경과 지선이 가라앉고 있던 1999년의 여름날. 저녁 7시가 되었는데도 마당에 가득하던 태양 빛을 오래도록 바라보던 무경이, 너무하네, 한숨을 쉬듯 말했던 순간.

가장 가까운 도시인 K시에는 큰비가 내리고 있었다. 해 질 무렵 내리기 시작해 영원처럼 쏟아진 비는 25년 된 복도형 아파트를 적셨다. 건물 곳곳의 균열을 타고 빗물이 흘러들었고, 103동 1502호 뒤 베란다에 똑똑똑똑 떨어졌다.

받쳐 놓은 고무 대야에 물방울이 튀는 소리를 듣고 있었던 사람은 예찬이었다. 그 여름 예찬은 자주 아팠다. 입천장이 간지럽고 목이 따끔거렸다. 약을 먹어도 병원에 가 봐도 낫지 않았고 꼬박 하룻밤을 앓아야 괜찮아졌다. 그날도 예찬은 미열과 오한을 견디는 중이었다. 몸은 으슬으슬한데 코에서는 계속 열김이 나왔다. 예찬은 이불 속에서 땀을 흘렸다. 제 방에서 몸을 둥글게 말고 누워 가느다란 잠을 자던 예찬은 흐릿한 꿈속에서 쇼트커트 머리를 휘날리며 달리는 소녀를 보았다. 그 사람이 무경이라는 걸 예찬은 아직 알 수 없었지만 불현듯 그 꿈을 다시 기억해 내고, 무경 누나였구나, 생각하는 미래가 예찬을 기다리고 있었다.

중학생이 되어 첫 번째 학기를 마친 예찬에게 세상은 크고 혹독했다. 예찬은 자신이 자꾸 아픈 이유가 마음 때문일 거라 생각했다. 마음이 불편하면 몸도 불편하다는 걸 예찬은 알았다. 그렇기 때문에 쉽게 나아질 수 없으리라는 것도 알았다. 약이나 주사로 나을 수 있는 거라면 차라리 좋겠다고 생각했다.

열네 살이 된 예찬의 몸도 열심히 변하고 있었지만 세계는 훨씬 빠르게 커졌다. 예찬이 느끼기엔 그랬다. 또래보다 컸던 키는 쑥쑥 자라는 아이들 사이에서 작아져 버렸고 나름대로 괜찮았던 성적도 시험을 볼 때마다 뚝뚝 떨어졌다. IMF 시대의 직격탄까지는 아니어도 유탄 정도는 맞은 상황에서 손실을 복구하기 위해 주식 투자에 뛰어든 부모님은 처음 한 달은 집을 사네, 땅을 사네 즐거워했으나 결국은 싸울 때가 아니면 말을 섞지 않았다. 자연스레 예찬의 용돈은 줄었고 돈이 없으니 피시방에도 갈 수 없었다. 이차 성징의 부작용으로 얼굴도 못나졌다. 내세울 게 하나도 없어진 예찬은 약육강식의 세계에서 명백한 약자였다.

예찬은 반에서 일어나는 중요한 일, 이를테면 반 대항 축구 시합이나 소풍날의 일탈 같은 것에서 완전히 배제되었다. 예찬은 어쩐지 뭐든 잘 못하는 애가 되었다. 그리고 1학기가 끝나 가던 7월의 첫 번째 주, 체육 시간이 끝난 뒤에 예찬은 같은 반의 이형섭에게 많이 맞았다. 교실에 돌아와 체육복 윗도리를 벗고 있는데 이형섭이 다짜고짜 뒤통수를 후려쳤다. 예찬이 억, 하는 사이에 발길질과 주먹질이 날아왔다. 아이들은 한참 지켜보다가 느릿느릿 말렸다.

"개새끼야, 왜 내가 축구 하는데 쪼개고 지랄이야."

예찬은 그때야 자신을 때린 게 누군지 알았다. 나무 그늘 아래에서 축구 하는 애들을 보긴 했다. 웃었나? 아니, 웃지 않았다. 웃을 일이 뭐가 있다고. 그런데 왜 웃었다는 걸까. 그런데 웃었다 한들 그게 왜 나쁘지? 하지만 예찬은 묻지 못했다.

물어봤자 대답을 들을 수도 없을 것이었다. 그냥 축구가 잘 안 풀린 것에 대한 화풀이였고, 1학기 내내 이어진 이형섭의 과시적 행동의 일환이었다. 예찬을 비롯해 반 아이들이 다 알고 있었다. 그럼에도 예찬을 도우려는 사람도 이형섭을 제지하는 사람도 없었다.

사실 예찬은 상관없었다. 누가 누구보다 세고 누가 누구를 이기고…… 그런 일에 끼고 싶지 않았다. 그래서 스스로를 글러 먹었다고 생각했지만 그렇다고 그 악다구니에 껴서 잘 해낼 자신이 없었다. 달갑지는 않아도 약자의 자리에서 숨어 있으면 괜찮을 거라 믿었는데. 약자는 가만히 있다가도 당하니까 약자인가? 예찬은 처음으로 분하다는 생각을 했다. 스타터를 교체할 때가 된 형광등의 불빛이 가늘게 떨리고 있는 건 바닥에 누운 예찬만이 볼 수 있었다.

2

9월의 첫째 날.

예찬은 학교 별관 복도에 서서 길 건너의 직업 훈련소를 보았다. 직육면체 형태의 건물 옆면에는 굳게 닫힌 철문과 낮고 짧은 계단이 있었다. 십수 년 동안 별관 복도를 지나다녔을 수백 수천의 학생들 중에서 그 철문과 계단을 눈여겨본 사람은 거의 없었다. 예찬도 마찬가지였다. 거기에는 주목을 끌 만한 특별한 게 아무것도 없었으니까. 그러나 별안간, 그곳에서 사건이라 할 만한 일이 일어났고 예찬은 처음 그것을 발견한 사람으로서 무리의 맨 앞에 서 있게 되었다.

예찬이 본 것은 키스를 하고 있는 연인이었다. 예찬은 우연히 보게 된 그들에게서 아름다움을 느꼈다. 계속 보고 있으면 안 된다고 생각했지만 발길이 떨어지지 않았다. 화창한 가을날의 오후 1시, 노랗게 탈색한 머리를 하고 주황색 니트를 입은 사람과 조금 낡은 에어포스원을 신고 청재킷을 입은 사람이 계단에 앉아 입을 맞추고 있었다. 그들은, 직업 훈련을 받는 것보다 서로를 만나는 것이 중요했던 사람들, 그렇기에 짤막한 점심시간에 밥 대신 서로의 온기를 택한 사람들. 예찬은 그런 상상을 하며 두 사람이 입술을 포개고 고개를 이리 돌렸다가 저리 돌리고 서로의 턱이나 가슴께를 손으로 천천히 쓰다듬는 모습을 봤다. 그들의 몸짓은 계단 주위로 깔린 플라타너스잎들과 그 틈으로 자라난 잔디의 빛깔처럼 잘 어울렸다.

"야, 뭘 그렇게 보냐?"

누구의 것인지 모를 목소리가 그렇게 말했고 점심시간 내내 뛰어다녔던 아이들이 예찬 주위로 몰려들었다. 열기와 습기가 숨길을 꽉 막았다. 예찬은 큰일이라고 생각했다. 애들이 저 연인에게 쏟아 낼 말들, 틀림없이 저들을 다치게 할 조롱의 말들이 걱정되었다. 하지만 아이들은 조용했다. 숨도 크게 쉬지 않았다. 의외의 상황에 예찬은 양옆에 있는 애들의 얼굴을 봤다. 그리고 곧 알게 되었다. 아이들의 침묵이 연인에 대한 배려가 아니라는 것을. 아이들은 진귀한 구경거리를 조금이라도 오래 보려는 마음으로 집중하고 있었다. 더할 것도 뺄 것도 없는, 욕구와 욕망. 사랑에 빠진 이들이 가을날에 나누는 키스를 야한 영화의 장면과 다르지 않게 보는 뜨거운 몸들의 틈바구니에서 예찬은 벗어나고 싶었다. 그러나 예찬의 마음 따위 관심 없는 아이들은 더 많이 모여들었다. 늦게 온 아이들이 뒤에서 밀어 대는 바람에 예찬의 몸이 자꾸 짓눌렸다.

다행히 수업 시작종이 울렸고 멀리서 호통을 치는 교사의 목소리에 아이들이 흩어졌다. 더 이상 조심할 이유가 없어진 아이들은 입에서 나오는 대로 한마디씩 했다. 그 말들은 연인을 향한 것이었다. 깜짝 놀란 그들이 얼굴을 붉히며 황급히 자리를 뜨던 모습이 예찬의 뇌리에 죄책감과 함께 남았다. 그것은 예찬의 남은 하루를 통째로 삼켰다. 내가 당신들을 보지 않았다면, 보고도 지나쳤다면, 그런 모욕은 당하지 않았을 텐데. 징그러운 말들을 듣지 않아도 되었을 텐데. 그러나 그 말들보다 예찬을 더 심란하게 한 것은 침묵이었다. 약속이라도 한 것 같던 아이들의 침묵에서 오히려 더 많은 말을 들은 것 같았다. 소리는 없지만 들렸던 것. 그것은 폭력적인 행동을 위한 작당이었다. 우리는 너희가 남들에게 보이고 싶지 않았을 순간을 보고 있다. 너희는 너희를 보고 있는 우리를 어쩌지 못한다. 그런 확신이 있어야 가능한 폭력이었다. 그것에 동참했다고 생각하니 예찬은 오물을 뒤집어쓴 것처럼 불쾌했다. 그러다 문득, 이런 생각이 들었다.

나는 다른가?

예찬은 언젠가부터 아이들과 자신을 분리해 두었던 마음이 애초부터 잘못된 것일지도 모른다고 생각했다. 나는 정말로 순수한 마음으로만 연인을 봤던가? 예찬은 견디기 힘든 기분이 되었고 교문을 나서려던 발길을 돌려 수돗가로 달려갔다. 물을 세게 틀고 세수했다. 그래도 기분이 나아지지 않아서 수도꼭지에 머리를 들이밀고 물을 맞았다. 꽤 오랫동안 그렇게 있었다.

"감기 걸리겠다."

물을 잠근 건 종률이었다. 전학 온 지 얼마 안 된 같은 반 아이였다.

"너 아까 엄청 힘들어 보이더라."

종률이 말했다. 예찬은 무슨 소리냐고 묻는 얼굴로 종률을 봤다.

"봤어. 점심시간에. 애들 사이에 껴서 사색이 돼 있었잖아?"

예찬이 뭐라고 대답을 하려 했는데 종률의 다음 말이 말문을 막았다.

"계속 봤어. 그때부터 쭉."

종률은 예찬을 집까지 데려다주었다. 예찬은 싫다고 했으므로 종률이 제멋대로 따라간 것이나 다름없었다.

"왜 자꾸 따라와. 혼자 있고 싶다니까?"

말하는 예찬에게 종률이 대꾸했다.

"맨날 혼자 있더만 뭘."

예찬은 대답하지 않고 걷기만 했다. 그러면서도 귀는 자꾸 뒤쪽으로 열렸다. 종률이 따라오고 있는지 신경이 쓰였다. 발걸음 소리는 계속 들렸고 예찬은 돌아보고 싶은 걸 꾹 참았다. 하지만 아파트 입구에 도착했을 때 더 이상 참지 못하고 뒤를 봤다. 종률은 보이지 않았다. 예찬은 짧게 한숨을 쉬었는데 그 숨이 생각했던 것보다 깊은 곳에서부터 올라온 것이라 조금 놀랐다. 덕분에 잡생각 하지 않고 집까지 왔으니 다행이라면 다행인가. 예찬은 천천히 발걸음을 옮겼다. 그때,

"내일 봐!"

종률이 가까이 다가와 어깨를 툭 치며 인사하고 뛰어갔다. 어디에 있었던 거야? 예찬은 종률이 뛰어가는 모습을 봤다. 횡단보도를 건넌 종률이 손을 크게 흔들었고 예찬도 얼떨결에 손바닥을 들어 보였다.

맨날 혼자 있더만.

예찬의 귓전에 종률의 그 말이 자꾸 맴돌았다. 맞는 말이라서 짜증 나면서도, 나쁜 마음으로 한 말이 아닌 건 알 것 같았다. 그런 한편으로 반박하고 싶어졌다. 네가 뭘 아느냐고. 하지만 그날 오후 내내 나를 지켜봤다면, 그래 다 맞는 말이야.

아닌 게 아니라 예찬은 혼자였고 그게 싫지 않았지만 좋지도 않았다. 예찬은 아무도 없는 거실의 소파에 모로 누워서 시곗바늘이 움직이는 소리를 들었다. 하품을 크게 했고 눈을 비비지 않았더니 눈물이 고였다가 눈 옆으로 흘렀다. 눈물이 흐르니까 어떤 기분이 일어났다. 그러자 종률이 전학 오던 날에 있었던 일이 기억났다.

그날 예찬에게 전학생이 왔다는 건 중요한 일이 아니었다. 아침부터 언성을 높이며 싸우던 부모의 모습만 머릿속에 가득했다. 학교를 마치고 집으로 돌아가는 동안 제발 싸움이 끝났기를, 그게 아니라면 둘 다 집에 없기를, 간절히 바랐다. 집에 들어갔을 때 부모는 또 다투고 있었다. 아침부터 줄곧 그랬던 건지 잠시 쉬다가 그랬는지 알 수는 없었다. 아버지는 목에 핏대를 세우며 소리를 지르고 있었고 어머니는 허리춤에 손을 올린 채 아버지를 쏘아보고 있었다. 그들은 현관에 서 있는 예찬을 한 번 흘끗 봤을 뿐 싸움을 그치지 않았다. 그래도 한때는 예찬이 나타나면 방에 들어가서 소리 죽여 싸우기도 하고 등을 돌리고 다른 곳에 가 있기도 하더니, 그것도 옛일이었다. 예찬은 그 자리에 서서 부모가 서로를 향해 던지는 모진 말들과 날 선 눈빛을 듣고 보았다.

그러나 그 순간 예찬이 가장 견디기 힘들었던 것은 부모의 차림새였다. 사각팬티와 구멍 난 러닝셔츠를 입은 아버지와 물이 빠져 얼룩덜룩해진 잿빛 원피스를 입은 어머니가 세상이 무너져라 싸우는 게 너무 희한하고 보기 싫어서 예찬은 밖으로 나갔다. 뭐라고 욕을 하는지 왜 싸우는지 알고 싶지도 않았다. 옷이라도 제대로 입고 싸우라고…… 말을 삼키며 놀이터로 갔다. 그네에 앉아 시간을 죽이며 발로 흙을 모았다가 흘렀다. 정말 내 편은 하나도 없구나, 생각했다. 한 시간을 그렇게 있다가 터덜터덜 집으로 돌아갔을 때 아버지는 집에 없었고 어머니만 거실에 있었다. 민망해하는 것도 같고 미안해하는 것도 같은 그 얼굴과 마주하고 싶지 않아서 곧장 방으로 들어갔다.

밤이 깊도록 뒤척이다 거실로 나갔을 때, 예찬은 소파 한가운데가 찢어져 있는 걸 발견했다. 집 안에 있는 물건 중에 예찬이 가장 좋아하는 것이 그 소파였다. 아주 어릴 적부터 예찬은 소파에 눕거나 앉아 있는 걸 좋아했다. 소파에 안겨 자랐다고 해도 좋을 정도였다. 그런 소파가, 다쳤어. 예찬은 박스 테이프를 가져와 찢어진 자리에 붙이고 소파를 천천히 쓰다듬었다.

종률은 그날 전학 왔다.

예찬은 종률이 어떤 애였는지 기억나는 것들을 하나씩 짚어 봤다. 생각보다 많은 게 떠올라서 조금 놀랐다. 그래서 내린 결론은, '좀 이상한 애 같은데'였다. 다른 세계에서 낯선 말들을 쓰면서 자란 애 같았다. 그러므로 예찬은 종률과 친구가 되는 상상을 할 수 있었다. 평범과 보통의 세계에 사는 아이들에게서 매일 상처받던 날들이었기 때문이다.

3

종률은 3개월 뒤에 다시 전학을 가야 했다. 직업 군인이었던 종률의 아버지는 그리 명예롭지 못한 이유로 근무지를 급히 옮겨야 했고 그사이에 임시로 머물게 된 곳이 예찬의 동네였다. 종률은 그 전학이 마음에 들지 않았다. 어릴 적부터 숱하게 다녔던 전학이었지만 이번에는 아버지의 부덕과 비겁이 자신에게까지 튀어 버린 것 같았다. 게다가 3개월 만에 또 학교를 옮겨야 한다니. 정을 붙일 만하면 끊어야 하는 일을 반복하는 게 종률에게는 힘든 일이었다. 사내자식이 정 따위에 연연하고 그러느냐는 아버지의 말을 종률은 이해할 수 없었다. 사람이 정에 연연하지 않으면 뭐에 연연하나. 아무리 겪어도 헤어지는 기분에는 적응이 되지 않았다.

새 학교에서의 첫날, 교실에 들어가기 전에 종률은 미리 준비했던 말을 되뇌었다. 나는 3개월 뒤에 전학을 갑니다. 잠시 지내다 가겠습니다. 그렇게 말하면 알아서들 거리를 두겠지. 행복하진 않아도 안전할 수는 있다. 하루는 길겠지만 3개월은 짧다. 그러나,

아.

종률은 마음속으로 탄식했다.

망했네.

교실 문이 열렸을 때 종률의 눈에 가장 먼저 들어온 사람은 예찬이었다. 예찬은 종률이 지금껏 봤던 사람 중에 가장 외로운 얼굴을 하고 있었다. 거울 앞에 선 것 같다고 종률은 생각했다. 친해지고 싶다는 마음과 그러면 다치게 될 거라는 생각이 동시에 일어났다. 종률은 더듬더듬 자기소개를 했다. 준비했던 것과는 전혀 다른 말들이 나왔다. 인사를 마친 뒤에는 교실 구석의 빈자리에 앉아서 예찬을 봤다. 하루를 그렇게 보냈다.

사흘 밤낮을 고민한 끝에 종률은 결심을 했다. 시간 끌어봤자 남는 것은 후회뿐. 예찬에게 말을 붙여 보기로 마음을 정하고 학교에 갔다. 예찬은 늘 그랬던 것처럼 심란한 얼굴이었다. 막상 무슨 말을 해야 할지 알 수가 없어서 2교시까지는 그냥 보냈다. 더 이상은 안 돼, 생각했지만 뾰족한 수는 떠오르지 않았다. 머리를 계속 굴리다 보니 배가 고파졌다. 에라 모르겠다. 종률은 연습장을 찢어서 '나랑 매점 갈래?'라고 썼다. 쪽지를 잘 접어서 전달을 부탁하려고 옆 분단에 앉은 애들을 봤다. 그러다 보게 되었다. 애들 몇이 깨진 거울 조각을 주고

받으면서 키득대는 모습을.

역사 교사가 교과서를 읽으며 그 애들과 종률 사이로 걸어왔다. 주동자는 이형섭이었다. 이형섭은 치마를 입은 교사의 다리 사이에 거울을 놓을 타이밍을 보고 있었고 다른 애들은 그게 재밌고 기대돼서 죽겠다는 표정이었다. 교사가 이형섭의 자리까지 왔을 때 종률은 자기도 모르게 자리에서 벌떡 일어섰다.

"선생님, 오지 마세요!"

종률의 행동에 당황한 이형섭이 거울을 떨어뜨렸고 상황을 이해한 교사는 얼굴에 핏기를 잃은 채 주저앉았다. 그날 남은 시간 동안 종률은 교무실에 가서 진술서를 쓰고 증언을 했다. 이형섭과 말이 맞지 않는다는 이유로 계속 붙들려 있어야 했다. 예찬에게 쪽지를 전할 틈도 말을 붙일 짬도 나지 않았다.

이형섭은 다음 날에도 자신의 잘못을 인정하지 않았다. 그 바람에 종률도 오전 내내 교무실에 있어야 했다.

"증거 있냐? 증거 있냐고!"

이형섭은 주위의 눈치 따위 전혀 보지 않고 종률에 으르렁거렸다. 종률은 그런 이형섭이 징그러웠다. 워낙 완강하게 버

터서인지 이형섭에게 내려진 처벌은 종률의 생각보다 약했다. 아니 처벌이라 할 수준도 못 되었다. 철없는 실수라거나 짓궂은 장난 정도로 보는 듯했다. 역사 교사가 입원을 하지 않았다면 이틀씩이나 조사하지도 않았을 분위기였다. 종률이 이의를 제기했지만 받아들여지지 않았다.

"이쯤 하자. 그렇게 매달려서 네가 얻는 건 또 뭐냐."

관자놀이를 꾹꾹 누르며 말하는 학생 주임의 얼굴에 피로와 귀찮음이 가득했다.

"뭘 얻고 싶은 게 아닌데요."

종률이 말했다. 학생 주임은 고개를 비뚜름하게 기울이고 종률을 봤다.

"계속 이런다고 역사 쌤을 도와주는 게 아니라니까? 네가 더 괴롭히고 있는 거라고 인마."

종률은 학생 주임의 말이 이해되지 않았다. 머리가 멍해진 채로 가만히 서 있었다. 학생 주임은 뭐라 뭐라 혼잣말을, 그러나 종률에게 들리도록 투덜거리며 밖으로 나갔다. 그래서 종률도 교무실을 나왔다. 죽일 듯 자신을 노려보는 이형섭의 눈빛이 신경 쓰이지 않았다면 거짓말이었겠지만 딱히 무섭지는 않았다.

입맛이 없어 점심을 거른 종률은 오후 수업을 듣기 위해 별관으로 가던 길에 이형섭의 친구들과 맞닥뜨렸고 몇 마디 협박을 들었다. 종률은 그 말들을 신경 쓰지 않았다. 3개월만 지나면. 그래 3개월이다. 3개월만 다니면 되는 학교에서 뭘 자꾸 하려고 하지 말자. 예찬과 친해지려던 마음도 부질없게 느껴졌다. 마음이 후련한가 싶다가도 한 귀퉁이가 시드는 것 같기도 했다. 그런 마음으로 본관과 별관을 잇는 구름다리까지 걸어갔다. 저만치에 아이들이 기묘한 분위기로 모여 있는 게 보였다. 아이들은 창밖의 직업 훈련소를 보고 있었다. 그 가운데의 예찬을 종률은 발견했다. 그리고 종률의 머릿속에 또렷한 장면 하나가 지나갔다. 과거이자 미래인 것, 가장 좋아하는 장면이자 가장 좋아하게 될 장면이었다.

오늘은 그냥 보내지 않겠어.

종률은 그런 생각을 했고 학교를 마칠 때까지 기다렸다. 그런 다음 수돗가에서 머리를 흠뻑 적시고 있는 예찬에게 다가가 말한 것이다.

"감기 걸리겠다."

4

처음 대화를 나눈 뒤 일주일이 지나기도 전에 예찬과 종률은 가까운 사이가 되었다. 둘은 나란히 앉아서 수업을 듣고 졸기도 하고 급식을 먹고 매점에 갔다. 두 사람의 자리는 창가 쪽이었다. 햇살 좋은 날이면 점심시간에 같이 해바라기를 하면서 만화책을 보곤 했다. 예찬은 쑥스러운 마음에 직접 말하진 못했지만 종률과 보내는 날들이 정말 좋았다. 학교에서 안전하다는 느낌을 받아 본 게 언제였더라. 예찬은 자기 편을 들어 줄 한 사람을 얼마나 오래 기다렸는지 깨닫고 있었다. 비슷한 것들끼리 뭉쳐 다닌다고 수군대는 애들도 있었지만 예찬은 개의치 않았다. 비슷하다고? 그럼 좋지 뭐. 그러는 한편, 예찬은 이따금 슬퍼졌다. 종률과의 시간이 다음 학기까지 이어지지 않는다는 걸 알고 있었기 때문이다. 되도록 그 생각은 하지 않으려 했지만 잘 되진 않았다.

구름 한 점 없이 맑았던 어느 날 종률이 예찬에게 말했다.

"지금 가장 바라는 것 말하기."

눈은 만화책에 그대로 둔 채였다. 예찬은 종률을 쳐다봤다.

"뭐?"

"말해 봐. 지금 네가 제일 바라는 일이 뭐야."

종률이 만화책을 덮고 예찬을 마주 보았다. 종률의 검은 눈동자가 예찬의 눈에 유난히 크게 보였다. 예찬은 하마터면 정말로 바라는 것을 말할 뻔했다.

"없어."

"없어?"

예찬은 종률의 손에 들린 만화책으로 시선을 피했다. 뭐 하러 말해. 내가 바라는 일은 이뤄지지 않을 일인데. 말해 봐야 마음만 아프지. 종률은 피식 웃으며 만화책을 펼쳤다.

"왜 웃지?"

"거짓말하니까."

예찬은 발끈하며 물었다.

"그럼 넌?"

종률이 고개를 들었다.

"나?"

"그래. 네가 바라는 건 뭔데."

"……."

"……?"

"나도 없어."

"뭐야. 그럼 왜 물어봤어."

종률은 대답하지 않고 하늘을 올려다봤다. 짧지 않은 시간을 그렇게 있었다. 종률이 보는 곳을 예찬도 봤다. 비행기 한 대가 교실의 창틀 속으로 곧은 직선을 그리며 들어오고 있었다. 까만 점으로 보일 만큼 멀리서 날고 있었지만 소리는 머리 위에서 들리는 것처럼 컸다. 종률은 비행기가 창틀 밖으로 사라지는 것을 끝까지 보면서 나지막한 목소리로 중얼거렸다. 예찬은 공기가 갈라지는 소음 속에서 종률의 말을 듣기 위해서 애썼다. 그 말은 예찬의 귀에 닿긴 했지만 알아들을 수 없는, 다른 나라의 것이었다.

종률의 손에 들려 있던 만화책은 『신세기 에반게리온』이었다. 이미 셀 수 없을 만큼 여러 번 봤음에도 가방에 가지고 다니며 틈만 나면 읽었다. 주인공 이카리 신지가 제3 신도쿄시의 전학생이라는 것, 외로운 열다섯이라는 것, 마음을 내줄수록 마음을 다치는 아이라는 사실이 종률의 마음을 빼앗았다. 종률은 집에 가면 TV판 애니메이션의 에피소드 한 편씩을 꼭 봤고 극장판 「엔드 오브 에반게리온」도 주기적으로 다시 봤다. 중요한 대사는 일본어 억양까지 살려 말할 수 있었고 일상생활에서 제멋대로 응용해 쓰기도 했다. 예를 들면, '신지, 에바에 타라.'라는 대사를 '예찬, 내 방에 와라.'로 바꾸

거나 5분 정도만 떨어져 있다가 다시 만나도 '타다이마아(ただいまー, 다녀왔습니다).'라고 말하는 식이었다. 예찬은 종률이 그러는 게 재밌진 않았지만 조금 부럽기도 했다. 사람이 아닌 것은 아무리 좋아해도 상처받지 않을 테니까. 그러나 그건 예찬의 오산이었다. 에반게리온을 좋아한다는 이유로 종률이 마음을 다치는 일이 일어났다.

만화를 좋아하는 것이 대단히 이상한 일은 아니었고 일본 만화를 좋아하는 것 역시 특별한 일은 아니었다. 그러므로 에반게리온을 좋아하는 것도 숨겨야 할 일이 아니었지만 '오타쿠'라는 말이 유행한 이후로 어떤 취향은 약점이 될 수 있었다. 오타쿠 혹은 오덕. 그 말은 아주 정형화된 편견과 함께 퍼졌다. 아이들 중의 누군가는 자기 주변의 오타쿠를 찾아내기 위해 의식적이고도 무의식적인 노력을 했다. 재미로 그런 일을 했다. 예찬의 반에서는 이형섭의 무리가 그런 애들이었다.

사건이 터진 건 소지품 검사 때였다. 불시에 들이닥친 학생부 교사들과 선도부원들이 학생들의 가방을 뒤지기 시작했다. 왜 하는지, 뭘 찾으려는 건지, 설명은 없었다. 늘 그렇듯 분위기는 험악했고 학생들은 영문도 모른 채 복도에 나가서 두 줄로 앉아 있어야 했다. 무릎을 꿇고 뒷짐을 지고 앞사람의 등에 이마를 댄 자세였다. 그 상태에서도 손과 발로 장난을 치는 아이들이 있었고 그 애들이 교사에게 따귀를 한 대씩 맞은 뒤에야 분위기는 쥐 죽은 듯 조용해졌다. 고개를 숙이고 있으니 쩍, 하고 때리는 소리만 들렸는데 그것이 예찬의 공포심을 자극했다. 이마에 땀이 나기 시작했고 그 바람에 앞에 앉은 아이의 춘추복 셔츠가 조금 젖었다.

"아 씨발……."

앞의 아이가 작지만 또렷하게 욕을 했다. 예찬이 어찌할 바를 모르고 얼굴을 붉히던 순간, 교실 앞문이 벌컥 열렸다.

"야, 이거 누구 거야!"

학생 주임의 손에 들린 것은 종률의 만화책이었다. 종률이 자리에서 일어났다. 학생 주임이 손가락 하나를 까딱여 종률을 불렀다. 한쪽 입꼬리를 비죽 올린 얼굴로 책장을 죽 넘겨본 학생 주임이 만화책으로 종률의 머리를 때리기 시작했다.

"이 새끼가, 하라는, 공부는, 안 하고, 쪽발이, 새끼들, 만화나, 쳐 보고 있어?"

말이 끊어질 때마다 한 대씩 때렸으므로 종률은 여덟 대를 맞았다. 학생 주임은 엉망으로 망가진 만화책을 바닥에 던졌다. 누군가가 재빠르게 손을 뻗어 만화책을 가져갔다. 수업 종료를 알리는 종이 울렸다.

"교실로 들어간다. 실시."

학생 주임의 말에 아이들이 일사불란하게 교실로 들어갔다. 종률은 몇 마디 꾸지람을 더 들었다. 교실 문을 열고 들어오던 순간 종률은 또 한 번 머리를 가격당했다. 때린 사람은 만화책을 주워 갔던 이형섭이었다.

"혼자서 고상한 척은 다 하더니 오덕 새끼였잖아?"

이형섭이 만화책을 든 손을 다시 올렸을 때 종률이 몸으로 들이받았다. 책상이 우르르 밀리고 아이들이 두 사람을 둘러쌌다. 종률이 이형섭 위에 올라타서 책을 뺏으려고 했다. 힘은 종률이 더 세서 이형섭은 꼼짝하지 못했다. 그러자 이형섭의 친구들이 달려들어 종률의 팔을 붙잡았다. 이형섭은 종률의 뺨을 때리고 배에 주먹질을 했다. 그것으로는 분이 풀리지 않았는지 종률의 눈앞에서 만화책을 찢었다.

"잘난 척하지 마. 음흉한 새끼야."

이형섭의 무리는 교실을 나갔다. 종률이 옷을 추스르고 찢어진 만화책을 주워 모으는 동안 주위의 수군대는 소리가 멈추지 않았다. 예찬은 자리에 붙박인 듯 앉아 그 광경을 보고만 있었다. 종률이 당하는 동안 몸이 얼어붙은 듯이 굳어 버렸다. 그러고 있다가 종률과 눈이 마주쳤다. 종률은 비난이나 원망은 전혀 없는 눈으로 예찬을 봤다. 난 괜찮아. 그렇게 말하는 것 같았다.

5

다음 날 예찬은 학교에 가지 못했다. 자명종이 울리고 눈이 뜨이고, 아 일어나기 싫어, 눈을 다시 감았다가 몸을 일으켜 침대에 걸터앉고, 거기까지는 매일 반복되는 일이었다. 너무 익숙해서 몸이 먼저 하게 되는 일. 하지만 곧바로 이상한 일이 일어났다. 몸이 왼쪽으로 기울어지더니 옆구리, 어깨, 뺨이 물결을 치듯이 차례대로 매트리스에 붙었다. 강력 접착제를 몸 왼쪽에 발라 놓은 것처럼 몸을 일으킬 수가 없었다. 예찬은 아버지의 등에 업혀 신경외과에도 가고 이비인후과에도 가 봤지만 별다른 이유를 찾지 못했다. 근육 이완 주사를 맞고 알약 몇 개를 받아서 집으로 돌아왔다.

예찬은 하루 종일 침대에 누워만 있었다. 약 기운에 몸이 흐늘거렸다. 눈꺼풀마저 느리게 깜빡거리는 느낌이었다. 예찬은 맘대로 되지 않는 몸이 원망스러웠다. 종률이 걱정되어서였다. 괜찮을까? 또 괴롭힘을 당하고 있는 건 아닐까? 이형섭은 저급한 짓을 집요하게 하는 데 소질이 있었다. 종률에게 연락을 해 보고 싶었지만 방법이 없다는 걸 깨달았다. 종률도 예찬도 휴대 전화가 없었다. 집 전화번호도 안 물어보고 뭘 했을까. 스스로를 탓하면서 죽을 먹고 약을 삼켰다. 일단 낫자. 빨리 나아서 학교에 가자. 그런데 내가 간다고 뭐가 달라지나? 나도 약하고 걔도 약한데. 약해 빠진 애들 둘이서 뭘 할 수 있을까. 하지만, 그래도, 가야겠지. 혼자보다는 둘이 덜 외로울 테니까.

그러나 그다음 날에도 차도는 없었다. 어머니가 예찬의 침대 밑에 죽이 담긴 냄비와 반찬 통, 물과 약을 두고 일을 나갔다. 밥상의 음식들이 식어 가면서 나는 냄새는 아픈 예찬이 맡기에 역했다. 예찬은 이불을 머리끝까지 올리고 계속 누워만 있었다. 이불 속으로 빛이 들어왔다. 분홍 같기도 하고 주황 같기도 한 빛을 보며 예찬은 다른 세계에 와 있는 것 같다고 생각했다. 이불을 걷고 나면 어떠한 슬픔도 아픔도 없는 세계로 건너가 있으면 좋겠다. 그런 생각도 했다.

낮잠에 빠진 예찬은 꿈에서 또 쇼트커트 소녀를 보았다. 그게 무경이라는 것은 역시나 모른 채로였다. 예찬은 무경과 마주 앉아 밥 냄새가 나는 냄비가 끓기를 기다렸다. 다 됐다. 무경이 반찬 통을 열어 주었다. 누구신데 저한테 이렇게 잘해 주시나요? 예찬이 물었지만 무경은 대답하지 않았다. 따뜻한 음식들에서 고소하고 달큰한 냄새가 났다. 예찬은 허기를 느꼈고 얼른 상 앞에 앉았다. 처음 보았지만 맛이 좋아 보이는 무언가를 한 입 먹자 몸이 왼쪽으로 넘어갔다. 더 먹고 싶은데. 더 먹을 수 있는데. 그러나 할 수 있는 것은 층을 내어 자른 무경의 옆 머리카락을 무력하게 보는 것뿐이었다. 무경은 창가에 서서 하늘을 보고 있었다. 창문 속으로 자그마한 점이 날아왔다. 무경이 작은 목소리로 말을 했다. 뭐라고요? 예찬이 물었다. 무경이 돌아보았다. 무경은 다시 한번 말했다. 그 말은 종률이 예전에 비행기를 보며 말했던 문장이었다.

예찬이 눈을 떴다. 아직 꿈속인가? 눈을 비볐다. 종률이 와 있었다.

"타다이마아."

종률이 말했다. 시간은 오후 6시를 지나고 있었다. 내가 대체 몇 시간을 잔 거지? 혹시 정말 다른 세계로 넘어온 걸까? 예찬은 천천히 몸을 일으켰다. 이불의 촉감, 벽지의 습도, 장판의 눌린 자국 같은 것이 잠들기 전과 그대로였다. 다른 세계 같은 게 어디 있겠어. 예찬은 스스로가 한심했다.

"괜찮아?"

종률이 물었다.

"넌 괜찮아?"

예찬이 되물었다. 종률은 눈을 조금 크게 떴다.

"안부 묻기 시합이야?"

"대답이나 해. 별일 없었어?"

"별일은 뭐. 일이란 게 있을 게 있나."

종률은 가벼운 말투로 말했지만 얼굴에는 씁쓸한 것을 삼킨 표정이 스쳐 갔다. 무슨 일 있네. 예찬은 가만히 종률의 다음 말을 기다렸다. 종률은 잠시 뜸을 들이고 나서 말했다.

"나 내일 전학 가."

예정보다 한 달이나 빠른 전학이었다. 종률의 아버지가 원래의 근무지에서 경력을 계속 이어 나갈 수 있게 되어서였다. 그에게 내려졌던 징계는 없던 일이 되어 버렸다. 아버지에게 아무런 잘못이 없어서는 아닐 거라 종률은 짐작했고 그건 사실이었다.

어깨 펴고 당당하게. 종률의 아버지는 그 말을 가훈처럼 여겼다. 아주 어렸을 때는 종률도 그 말을 좋아했지만 자랄수록 싫어하게 되었다. 당당해서가 아니라 당당하기 위해서 어깨를 펴라. 그런 뜻이 담겨 있기 때문이었다. 아버지가 그렇게 하면 누군가는 어깨를 움츠려야 했다. 아버지는 아무 일도 없었던 것처럼, 아니 아주 좋은 일이 생긴 것처럼, 돌아가자고 힘을 주어 말했다. 어깨를 쫙 펴고서.

그런 게 싫었으므로 종률은 스스로 작아지는 쪽을 택해 왔다. 그런 마음을 가지면서부터 종률의 생활은 많이 고달파졌다. 남들보다 여리고 남들보다 순한 마음을 귀신같이 찾아내는, 이를테면 이형섭 같은 아이들의 표적이 되는 일이 잦았다. 그러므로 예찬이 교실에서 목격한 사건은 종률에게 처음 있었던 일은 아니었다.

이야기를 하는 동안 종률이 담담한 얼굴을 하고 있어서 예찬은 마음이 쓰렸다.

"갑자기 떠나게 돼서 다행인 것도 있어."

종률이 말했다.

"그게 무슨 소리야?"

예찬의 마음에 섭섭함이 들끓었다. 종률은 씁쓸하게 웃었다.

"아버지가 복수한답시고 난리 피우지 못할 테니까. 그럴 시간 없거든 지금."

예찬은 자신이 모르는 종률의 옛날에 어떤 일들이 있었는지 알 것 같았다. 그래, 그건 부끄러운 일이겠지. 이해는 하면서도 마음의 반대편에서는 다른 생각이 고개를 들었다. 그렇지만 분하잖아. 잘못도 없이 수모를 당하는 일을 언제까지고 견딜 수는 없는 거잖아.

"난 복수 같은 건 싫어."

너는 내 맘 알지? 종률은 그런 눈으로 예찬을 봤지만 예찬은 아무것도 알고 싶지 않았다. 자리를 털고 일어나서 종률의 멱살이든 바짓가랑이든 붙잡고 싶었다. 그래서 뭐. 결국은 간다는 얘기잖아. 뭐가 이렇게 빠른데. 네가 가면 나는 또 혼자가 될 거야. 몸이 낫고 똑바로 걸을 수 있게 돼서 학교에 다시 가도 너는 없잖아. 우리 그것에 대해 이야기하자. 그래야 하지 않을까? 이럴 거면 왜 그랬어. 왜 나를 봤어. 봤다고 했어. 왜 나를 따라오고 왜 네가 좋아하는 것들을 나누어 줬어.

한데 한마디도 하지 못했다. 입을 열면 말이 아니라 감정이 먼저 쏟아질 것 같았다. 후회하게 될 말들이나 달랠 수 없는 울음들. 예찬은 몸의 왼쪽이 다시 굳는 것 같았다. 그럼에도 종률을 향해서 손을 뻗었다. 아주 느리게, 하지만 할 수 있는 최대의 힘을 냈다. 다가오는 예찬의 손을 알아보고 종률이 손을 포갰다. 그런 다음 예찬의 손과 닿지 않은 다른 손을 교복 주머니에 넣었다. 곱게 접은 쪽지가 나왔다. 종률은 그 쪽지를 예찬의 손에 꼭 쥐여 주었다.

그리고 다음 날, 예찬의 몸은 더 이상 기울지 않았다.

예찬은 종률이 없는 학교에 갔다. 알고 있어도 낯선 일이 있다는 걸 예찬은 배웠고 어떤 슬픔은 계속해서 새로운 얼굴로 찾아온다는 것도 알게 되었다. 이형섭이 또 누군가를 노리는 것처럼 두리번거리고 있었다. 쉬는 시간에는 역사 교사를 찾아가 종률의 말을 전했고 점심시간에는 짤막한 편지에 100원을 매달아서 직업 훈련소 담장 너머로 던졌다. 한 번에 될 일이 아닐 것 같아서 편지도 동전도 여러 개를 준비했는데 단번에 성공했다.

방과 후에는 도서관에 가서 일본어 회화책과 사전을 펼쳐 놓고 종률이 쪽지에 적은 문장을 해석했다.

나는 너를 만나기 위해 태어났는 지도 몰라.

「신세기 에반게리온」에서 신지의 마음을 유일하게 열었던 카오루의 대사였다. 깊은 밤, 고요한 방에서 노래하듯이 말하던 카오루와 그 말을 듣던 신지의 표정이 예찬의 머릿속에 떠올랐다. 잊을 수 없을 것 같았다.

짧아서 영원해지는 마음.

그것을 잊는 일은 일어나지 않을 거야.

6

며칠 지나지 않아서 이형섭은 예찬을 건드렸다. 종률에 대해, 예찬에 대해, 종률과 예찬에 대해, 좋지 않은 말들을 했다. 반응하지 않으려는 예찬의 머리를, 어깨를, 다리를, 툭, 툭툭, 쳤다. 예찬은 지키고 싶은 무언가가 훼손당하는 기분을 느꼈고 이형섭을 거칠게 밀쳤다. 너였지. 저번에 날 때린 것도 너였지. 다 너였지. 나는 너를…… 어떻게 해야 하지? 이다음엔 어떻게 하는 거야? 잠시 망설이는 틈에 이형섭의 주먹이 예찬을 향해 날아왔다.

"이게 다 가오가 없어서 그래."

오른쪽 눈가가 흉하게 부어오른 예찬의 얼굴을 보며 아버지는 그렇게 말했다. 한심하다는 기색을 감추지 않았다.

"너는 사내새끼가 왜 맨날 얻어터지고 다니는 거냐."

당신도 162센티미터의 단신이지만 살면서 누군가에게 맞아 본 적이 없는데, 그건 어디까지나 가오가 있었기 때문이라는 주장이었다. 예찬에게는 그게 전혀 없으니 운동이라도 시켜야겠다는 결론에 이르렀다. 자라는 동안 아버지가 가오를 잡을 때마다 싫은 일들을 많이 겪어야 했던 예찬이었지만 그 순간만큼은 아버지의 말이 꽤 그럴듯하게 들렸다. 가오. 마음에 드는 말은 아니지만 뭔가를 지키기 위해 필요한 것이라면, 싫어도 가져야 하지 않을까? 오늘의 폭력이 내일 그리고 모레도 반복되는데, 제대로 저항 한 번 못하면 결국에는 누구든 '그래도 되는 애'가 될 것 같았다. 이제 곁에 아무도 없는데. 나를, 우리를, 우리의 마음을 지키려면…… 엉망이 된 예찬의 얼굴에 속이 상했던 어머니까지 합심했고 아주 오랜만에 가족들이 한 가지 주제로 이야기를 나누었다. 예찬은 그게 조금 좋았지만, 그것을 좋아하는 자신의 연약함이 싫기도 했다.

예찬은 태권도를 시작했다. 무술 중에서 제일 덜 아플 것 같아서였다. 격투를 필수로 하지 않았고 만약 한다고 해도 보호 장비도 많았다. 그렇기 때문에 실제 싸움에 필요한 기술은 하나도 배울 수 없었다. 게다가 함께 운동을 하는 중고등반 수강생들은 모두 2단 이상의 유단자여서 매일 무시를 당했다. 관장은 유단자 사이에 낀 초심자에게 특별한 배려를 해 주지 않았다. 그럼에도 한 달이 지날 때마다 허리에 묶는 띠의 색깔을 바꿀 수 있었던 것은 수강료를 꼬박꼬박 냈기 때문이다. 검은 띠들은 예찬을 대놓고 깔봤다. 교실에서 그랬던 것처럼 예찬은 약자였다. 아니 더욱 약자였다. 다들 태어나면서부터 검은 띠를 매고 나오기라도 한 것처럼 굴었다.

그럼에도 관두지 않은 이유는 검은 띠 중에 같은 학교에 다니는 애들이 있어서였다. 그 애들은 체육관에서는 예찬을 무시하면서도 학교에서는 그러지 않았고 오며 가며 말도 붙였다. 일관성이 없고 기묘하게 뒤틀린 유대감이 예찬의 마음을 어지럽혔지만 그것만으로도 이형섭이 자신에게 함부로 하지 않는다는 걸 예찬은 느낄 수 있었다. 검은 띠들의 행동은 이해가 가지 않았지만 그들의 세계가 궁금해지기 시작했다. 더럽고 치사했지만 예찬은 애를 썼다. 타고나지 않은 걸 얻으려면 고생하는 수밖에 없다고 생각했다. 아무렇지 않은 척 웃으면서 적당히 모자라고 우스운 사람이 되어 주는 게 전략이었다.

이런 나를 종률이 어떻게 볼까, 본다면 무슨 말을 할까, 생각하지 않은 건 아니었지만 하루하루 실감할 수 있는 변화가 예찬에겐 중요했다.

예찬은 강해지고 있었다. 태권도를 잘하게 되어서는 당연히 아니었다. 예찬이 배운 것은 운동 이상으로 중요한 무엇이었다. 검은 띠들이 지닌 공통된 경향, 세계를 대하는 그들의 일관된 태도였다. 아버지가 원했던 가오와 정확히 일치하는 것. 예찬은 야금야금 그것을 흡수했고 크고 작은 행동에 적용했다. 학교에서 무시를 당하는 일이 사라졌고 예찬을 친구라 부르는 애들도 생겼다. 이유 없이 맞는 일은 일어나지 않았다.

그렇게 반년이 흘렀다.

해가 바뀌고 봄이 오고 무경이 체육관에 등록했다. 예찬은 무경을 만났고, 예찬의 '가오 수업'에 혼란이 찾아온 건 그때부터였다.

2부

숲속의 아이들

1

체육관에 무경이 오기 전날, 관장은 이렇게 말했다.

"내일부터 여자애 하나 새로 올 거다."

그 말을 들은 검은 띠들은 흥분을 감추지 않았다. '여자애'라는 말이 나오자마자 황동수의 친구가 자리에서 일어나 허공에 양손을 벌리고 허리를 흔들어 댔다. 다들 웃었고 예찬도 따라 웃기는 했지만 뭐가 웃기다는 건지 알 수는 없었다.

검은 띠들의 기분은 '내일'이 되었을 때 차게 식었다. 무경이 검은 띠들의 기대에 맞는 '여자애'가 아니어서였다. 검은 띠들의 리더 격이었던 황동수는 특히 무경을 싫어했다. 표정이 없는 무경의 얼굴이 심기를 건드린 것이었다. 어떤 일이 일어나도 무슨 말을 들어도 무덤덤한 얼굴로 제 할 일만 하는 무경이 자신의 영역으로 흡수되지 않으리라는 걸 황동수는 잘 알았다.

황동수와 검은 띠들이 어떻게 생각하든 무경은 전혀 신경 쓰지 않았다. 그럴 필요도 여유도 없었다. 빨리 커서 어른이 되고 돈을 벌고 자리를 잡자. 그게 지선을 위해 할 수 있는 유일한 일이라 생각했다. 무경은 체육 교사가 되려고 했고 무표정한 얼굴로 덮어 둔 마음속은 매일이 급했다. 그러니 검은 띠들의 유치한 짓들에 장단 맞춰 줄 겨를이 없었다. 무경의 마음이야 어쨌든 황동수는 노골적으로 무경을 싫어했고 검은 띠들은 열심히 동조했다. 그들은 끊임없이 무경을 씹어댔다. 그 저열한 말들은 무경의 고향인 시골에 관한 것이기도 했고, 무경의 신체에 관한 것이기도 했으며, 무경의 이목구비에 대한 것이기도 했는데 결국은 무경의 성별과 관련된 것으로 끝났다. 그들은 무경이 듣는데도, 아니 오히려 들으라고 더 그랬다. 그들은 여럿이었고 그래서 당당했다. 잘못된 짓을 하고 있다는 생각은 서로에게 떠넘기고 죄책감은 뒤로 숨기면서 나쁜 짓거리가 주는 달콤함만 맛보았다.

예찬도 그 자리에 있었다. 초식 동물처럼 어정쩡하게 서 있었다. 어디선가 본 것 같아 낯이 익으면서도 낯선 무경이 예찬은 싫지 않았다. 굳이 따지면 좋은 쪽에 가까웠다. 어딘지 모르게 멋있다는 생각도 들었다. 그러므로 무경에 대한 험한 말이 나올 때마다 예찬의 동공은 자기도 모르게 흔들렸다. 그럴 때마다 예찬은 힘주어 눈을 감았다 뜨며 마음을 다잡았다. 그래야만 강해질 수 있다고 믿었다. 예찬은 무척 애쓰고 있었고 그래서 피곤했다. 무경의 눈에는 예찬이 힘겨워하는 게 보였다. 쟤는 왜 굳이 불편한 얼굴을 하고 저기 끼어 있지? 무경은 생각했다. 그건 예찬이 자주 하는 생각과 비슷했다. 그럼에도 예찬은 검은 띠들의 곁에 머물렀다. 그들을 보면서 배운 것들이 자신을 당당하게 만들어 주었다는 걸 예찬은 부정할 수 없었다. 학교에 가면 그들이 했던 말과 행동을 따라 했다. 그러면 하루만큼의 단단한 지위가 획득되었다. 아무도 나를 쉽게 보지 않는다는 느낌. 예찬에게는 그것이 필요했다. 배가 쿡쿡 찌르는 듯이 아프거나 식도를 타고 시큼한 맛이 올라오기도 했지만 애써 무시했다. 그러나 날이 갈수록 힘들어지는 건 어찌할 수 없었다. 무경과 눈이라도 마주치면 숨이 턱 막혔다. 무경의 무감한 눈빛에 가슴 한쪽이 꿰뚫리는 느낌이었다. 그런데 예찬은 그 느낌이 왠지 싫지 않았다.

예찬은 체육관에 조금씩 일찍 가기 시작했다. 무경과 잠깐이라도 둘이 있고 싶어서였다. 어느 날부턴가 운동을 갈 시간이 다가오면 머릿속에 무경이 슬그머니 떠올랐다. 무경은 일찍부터 몸을 풀고 입시에 필요한 운동들을 혼자서 했다. 예찬은 그런 무경과 멀찌감치 떨어져서 체육관 구석에 방치된 책들, 초등부 아이들이나 읽을 법한 위인전이나 속담책을 뒤적였다. 거울에 바짝 붙어 서서 어설픈 동작으로 배운 걸 복습하기도 했다. 무경이 보기에 예찬은 몹시 심심해 보였지만 사실 그렇지는 않았다. 예찬은 아주 바빴다. 그날그날 무경이 무엇을 하는지, 어떻게 몸을 단련하고, 그리하여 몸에 가해지는 부하를 얼마나 의연한 얼굴로 견뎌 내는지, 눈에 부지런히 담아 두어야 했기 때문이다.

예찬이 그렇게 있는 동안 무경은 거울 앞에서 천천히 그리고 꼼꼼히 몸을 풀었다. 서서 시작해서 엎드린 자세로 끝나는 게 무경의 준비 운동 루틴이었다. 마지막은 '호랑이 가죽' 자세였다. 다리를 가로로 찢은 다음에 팔을 활짝 펼치고 상체를 바닥에 붙이는 동작이었다. 자세가 완성되면 무경의 몸은 흙 토(土) 자가 되어 바닥에 납작하게 붙었다. 무경은 눈을 감고 심호흡을 두 번 한 뒤에 몸을 일으켰다. 눈은 계속 감은 채로 무릎을 꿇고 앉아 생각들을 하나씩 밀어냈다. 무경에게 그 순간은 아주 소중했다. 천천히 눈을 뜨면 구석에 앉아 있거나 책장 앞에 서 있는 예찬이 보였다.

그렇게 보름이 흘렀고 그사이에 무경도 예찬의 얼굴과 몸짓을 조금 더 자세히 기억하게 되었다. 그리고 무경이 평소보다 체육관에 조금 늦게 간 날 예찬이 킥 미트를 차고 있는 것을 보게 됐다. 예찬의 발에 닿은 킥 미트에서 틱, 틱, 소리가 났다. 발차기를 해서 나는 소리 치고는 어딘가 귀엽고 무력해서 무경은 살짝 웃었다. 무경은 예찬에게 걸어갔다.

"접는 것까지가 발차기야."

예찬은 화들짝 놀랐다. 무경이 처음으로 말을 건넨 것이어서였다. 무경이 킥 미트 기계 앞에 섰고 예찬은 옆으로 한 발 비켜섰다. 무경이 다리를 쭉 펴면서 발차기를 했다. 발이 미트에 닿는 순간 경쾌하게 다리를 접자 팡! 풍선 터지는 소리가 났다. 예찬이 뭐라고 말을, 이를테면 고마워요, 멋있어요, 같은 말을 하기도 전에 무경은 탈의실로 들어가 버렸다. 도복을 입으면서 무경은 지선에게 슛 차는 법을 알려 주던 날들을 떠올렸다. 예찬은 무경이 알려 준 대로 킥 미트를 차 봤다. 아주 크진 않았지만 손뼉 칠 때와 비슷한 소리 정도는 났다.

2

무경은 자기 입으로 축구를 했었다는 이야기를 할 생각이 없었다.

"다른 운동을 좀 했나?"

무경의 다부진 몸을 본 관장이 물었고,

"축구요."

대답하긴 했으나 그마저도 후회가 되어 더 이상은 축구에 관해 말하지 않기로 마음먹었다. 관장도 더는 묻지 않았다. 그러므로 관장이 무경의 축구 선수 시절에 대해 말할 수 있는 것은 없었다. 그런데도 관장은 그것에 대해 말했다.

"축구 선수였다더라고."

관장은 그 사실이 무경의 무표정을 설명해 주는 중요한 이유일 거라고 추측했다. 눈에 띄지 않아야 조금이라도 덜 맞는 게 우리나라 운동부니까. 그 아이는 표정을 지우는 연습을 오래 했을 거라고. 그다음은 자신의 선수 시절에 대한 회상이었다. 황동수는 몇 번이고 들었던 관장의 옛날이야기는 배경 음악처럼 밀어 놓고 다른 생각을 했다. 축구를 하면 되겠군. 황동수는 축구가 무경의 평정심을 깨뜨릴 것이라 짐작했다. 못다 이룬 꿈같은 거지? 뚜렷한 근거가 있는 생각은 아니었다.

황동수는 그런 걸 그냥 본능으로 알았다. 관장에게 몸풀기 운동으로 축구를 하자고 한 것도 그래서였다.

예찬이 체육관에 다니기 아주 오래전부터 검은 띠들은, 그러니까 그들이 파란 띠, 빨간 띠였을 때 체육관 안에서 고무공을 차며 놀았다. 그리고 어느 순간, 그렇게 노는 게 애들 놀이 같다고 생각한 황동수가 그만하자고 한 이후 다시는 하지 않았다. 유치하다고, 황동수는 그렇게 생각했다. 그런데 그 유치한 놀이를 다시 하려는 것이었다.

"너도 같이할래?"

황동수가 무경에게 물었다. 전에 없이 다정한 말투였다. 무경은 고개를 저었다. 예찬은 같이해야 했다. 예찬에게는 선택권이 없었다. 체육관 안에서 축구를 하기에 검은 띠들과 예찬의 몸은 이미 컸다. 좁은 공간에서 다른 사람들과 몸을 부딪혀 가며 공을 쫓아다니는 일은 예찬에게 너무나 큰 고역이었다. 말이 좋아 축구지 규칙이고 뭐고 없어서 거의 패싸움에 가까웠다. 거울에 몸을 붙이고 스트레칭 하던 무경은 저런 걸 같이하자고 했던 황동수가 어이없고 유치해서, 왜 자꾸 내 인생에는 이상한 새끼들이 나타나는 거야, 생각했다.

처음에는 몸풀기 시간에 10분 정도만 하던 축구는 점점 길어져서 일주일이 흐른 뒤에는 운동 시간을 다 잡아먹었다. 그렇게 또 일주일이 지나갔다. 예찬은 승급 심사를 받고 빨간 띠를 받아야 했는데 배운 게 없었다. 하지만 아무 말도 못했다. 몸에는 멍이 늘어 갔다. 통증 때문에 잠에서 깨는 날도 있었다. 강해졌다고 믿었는데…… 예찬은 그게 다 착각이면 어쩌나 두려웠고, 아무래도 착각이 맞는 것 같아서 서글펐다. 다 관둬야 하는 걸까? 고민이 됐다.

문제를 해결한 건 무경이었다.

"관장님, 저는 여기 태권도 배우러 온 건데요."

딱 한마디였다. 체육관의 공기가 순식간에 가라앉았다. 예찬은 긴장된 분위기에 불안함을 느끼면서도 가슴 한편이 시원해지는 것도 같았다. 나도 할 수 있었던 말인데…… 그러나 예찬은 하지 못했고, 그렇게 할 수 있을 거라 상상도 못 했다. 그래서 무경이 너무 멋있어 보였다.

"그래, 해야지. 운동해야지."

관장이 겸연쩍은 얼굴로 말했다.

"이것도 운동 되는데요?"

관장의 말을 자르고 나선 건 황동수였다. 황동수가 아니고선 누구도 할 수 없는 일이었다. 황동수는 말을 하면서 눈으로는 무경을, 적대감을 가득 담아서 노려보았다. 무경은 황동수를 보지 않고 말했다.

"여기가 축구 교실은 아니잖아요?"

누가 봐도 무경의 말이 옳았다. 억지를 부리는 게 황동수라는 건 모두가 알았다. 관장은 곤란해졌다. 황동수가 마음을 잘못 먹으면 나머지 검은 띠들이 당장 다른 체육관으로 옮겨 갈지도 몰랐다. 그렇다고 태권도장에서 태권도를 하고 싶다는 무경을 무시할 수도 없는 노릇이었다. 뜻밖의 해결책을 던진 건 철없는 소리를 잘하던 중학생 윤연후였다.

"그냥 누나랑 동수 형이랑 겨루기 붙으면 안 돼요? 이기는 사람 말대로 하면 되잖아요."

다들 실소를 터뜨렸다. 두 사람 모두 3단이긴 했지만 성별과 체급을 따지면 황동수가 이기고 끝날 문제가 아닐 수도 있었다. 무경이 크게 다치기라도 하면 관장은 어떻게 할 것인가. 아니 어떻게 될 것인가. 그때,

"축구로 붙어요."

무경이 말했다. 이번엔 아무도 웃지 않았다. 잠시 뒤에 한 사람이 웃었다. 황동수였다.

"그래. 너 축구 좀 했다며. 그럼 공평한 거지. 그치?"

무경은 이미 공을 들고 체육관 중앙으로 가고 있었다. 황동수는 얼굴 가득 미소를 띠고 어슬렁어슬렁 무경에게 갔다. 무

경이 조금 귀엽다고까지 생각했다. 당돌하단 말이야. 돌멩이 같은 데가 있어. 운동장에서 보는 울퉁불퉁한 거 말고 해변에 있는 조약돌. 까짓것 져 줄까? 여자애한테 기를 쓰고 이겨 먹는 것도 꼴사납지 뭐. 잠깐 놀아 주는 셈 치고…….

"골 넣으면 1점. 상대방 가랑이에 알 먹여도 1점. 3점 먼저 내면 끝이에요."

무경이 말했다. 황동수는 진지한 무경이 확실히 귀엽다고 생각했다. 너 좋을 대로 하라는 뜻으로 양 손바닥을 무경 쪽으로 향하고는 팔을 펴덕였다. 뭔가 잔뜩 퍼 주기라도 하는 듯이.

선공은 가위바위보를 이긴 황동수였다. 황동수는 잠시 고민했다. 보는 눈들이 있으니 한 골은 넣고 시작할까? 생각하다가 발끝에 공이 살짝 닿았다. 반발력이 좋은 고무공이 앞으로 굴렀고 무경은 그 찰나에 걸음을 크게 내디딘 뒤 지체 없이 공을 찼다. 공은 흔들림 없이 쭉 날아가 골대를 대신해 세워 놓은 매트에 퍽, 소리를 내며 부딪혔다. 모두 깜짝 놀랐다. 공이 터지는 소리가 났어. 예찬은 공과 무경을 번갈아 보았다.

황동수는 져 주는 게 아니라 진짜 질 수도 있다는 걸 깨달았다. 그건 있을 수 없는 일이었다. 황동수의 눈빛이 바뀌고 자세가 호전적으로 바뀌었다. 다시 공격을 시작했을 때는 아주 조심해서 공을 다뤘다. 무경의 발을 신중하게 보면서 앞으로 천천히 이동했다. 무경도 황동수의 보폭에 맞춰 천천히 움직였다. 아무도 모르는 사이 무경은 황동수를 벽으로 몰아넣었다. 벽에 거의 붙은 다음에야 황동수는 자신이 함정에 빠졌음을 알았다. 뭔가 수를 써 보기도 전에 공은 무경의 발밑에 들어갔다. 황동수가 골문을 지키러 뛰어가려는 순간 무경이 발끝으로 공을 톡, 굴렸다. 공은 황동수의 가랑이 사이를 통과했다. 황동수가 당황한 사이 무경이 황동수의 옆을 빙글 돌아 뛰어갔다. 무경이 발바닥으로 공을 잡고 매트 앞에서 멈췄다. 황동수가 슛을 막으려고 허둥지둥 달려왔다. 무경은 공을 뒤로 살짝 밀어 한 번 더 황동수의 가랑이에 알을 먹였다.

3대 0. 그대로 끝이었다. 예찬은 무경의 몸짓에서 아름다운 춤을 본 것 같았다. 검은 띠들이 눈에 띄지 않게 손끝으로 박수를 쳤다.

운동이 끝난 뒤에 윤연후는 황동수에게 따귀를 몇 대 맞았다. 그리고 그날 이후 검은 띠들이 무경에 대해 일삼는 말들은 더 거칠어졌다. 예찬은 더 이상 그런 대화에 끼지 않았고 자연스럽게 혼자가 되었다. 마음이 편해졌고 소화도 잘되었다. 무엇보다 기분이 좋았다. 무경이 딱히 예찬의 편이 되어 준 것은 아니었지만 그런 건 상관없었다. 무경의 존재가 든든했고 그만큼 좋아서 같은 공간에 있는 것만으로도 강해지는 것 같았다. 체육관에서도 학교에서도 예찬은 원래의 자리로 돌아갔지만 그것이 아쉽지 않았다.

3

7월 무더위에 체육관 중고등반은 지리산 종주를 갔다. 체력 훈련과 정신 무장이 목적인 하계 훈련이었다. 협회장 기에서 초라한 성적을 거둔 뒤에 관장이 떠올린 특단의 조치였다. 산이라니, 너무 싫다. 예찬은 생각했고 그럴 때 기대어 볼 만한 사람은 황동수였으나 반대할 마음은 없어 보였다. 황동수는 그 산행을 여름 피서 정도로 생각했다. 적당히 산을 타다가 계곡에서 고기와 술을 많이 먹으면, 뭐 좋겠네. 심심하진 않겠네. 그런 마음이었다.

혹시 누나는? 예찬은 무경 쪽에 기대를 걸어 봤다. 축구 그만해요, 했던 것처럼 산에 가지 마요, 해 주지 않을까? 그러나 무경도 묵묵히 있었다. 그 당시 무경에게는 대회에서의 실적이 절실했다. 협회장 기에서 동메달이라도 딴 것은 무경뿐이었지만, 무경에게 필요한 건 금메달이었다. 금메달을 차곡차곡 모아서 입시에 필요한 점수를 쌓아야 했다. 축구를 관둔 후에 체력이 떨어진 느낌이었는데 산행은 좋은 훈련이 될 것 같았다.

그런 이유로 체육관 중고등부 수강생들은 여름 방학이 시작되던 주말에 지리산으로 떠나게 되었다.

출발하던 날의 아침, 예찬은 갈비뼈에 통증을 느끼고 있었다. 말로는 설명할 수 없는, 그래서 아무도 믿어 주지 않을, 예찬만이 감각할 수 있는 무경과의 '연결' 때문이었다. 정확히 말하면 예찬 쪽에서 무경 쪽으로 놓은 다리, 선망과 동경이라 이름 붙일 수 있을 다리를 건너 무경의 감각이 넘어온 것이었다. 틀림없이 그렇다고, 예찬은 믿었다.

시작은 전날 밤 무경의 겨루기가 끝난 뒤부터였다. 무경의 상대는 중학생 중에 가장 몸집이 작은 이정우였다. 몸이 잽쌌던 이정우는 스텝을 빠르게 밟으면서 공격을 많이 시도해 작은 점수를 쌓아 올리는 스타일이었다. 그에 반해 무경은 신중하게 기회를 기다리면서 수비를 하다가 빈틈을 노렸다. 예찬의 눈에는 보이지 않는 무경의 사소하지만 중요한 몸짓들이 이정우의 리듬을 흐트러뜨렸다. 시합이 뜻대로 풀리지 않자 이정우는 평정심을 잃어 갔다. 다른 검은 띠들은 야유를 하며 이정우를 자극했다. 3라운드가 끝나갈 즈음 이정우는 두 번의 공격을 연달아 시도했다. 첫 번째는 오른발 돌려차기였다. 무경은 정강이를 들어 이정우의 발을 밀어내듯이 막았다. 곧바로 이정우가 뒤 차기를 하려고 몸을 틀었고 무경은 밀어 차기로 반격했다. 수비에 성공함과 동시에 유효타가 되었다. 관장이 시합 종료를 알리기 위해 호루라기를 입에 물었다. 연습 겨루기였으므로 가드를 풀고 악수하면 되는 순간이었다. 그러나 이정우는 손을 내미는 무경에게 바짝 달려들어 왼쪽 몸통을 찼다. 뻑, 하는 소리가 났고 무방비였던 무경이 주저앉았다. 다시 뻑, 관장이 미트로 이정우의 머리를 때렸다. 이정우는 찔끔 울었지만 기가 죽진 않았다. 체육관 밖으로 나왔을 때 황동수가 머리를 쓰다듬어 주었기 때문이다. 무경은 왼쪽 갈비뼈에 손을 얹고 절뚝이며 집에 갔다. 예찬은 무경의 뒷모습을 오래 바라보았다.

그때부터였다.

예찬의 갈비뼈가 아프기 시작한 것은.

무경과 예찬과 검은 띠들은 도시락에 꾹꾹 눌러 담은 밥알

들처럼 관장의 승합차에 뭉쳐진 채 지리산으로 갔다. 절반 정도 갔을 때 비가 오기 시작했고 가장 먼저 알아챈 무경이 창문을 닫았다. 차 안은 금세 습기로 가득 찼다. 낡은 차의 에어컨으로 그것을 밀어내기는 역부족이었다. 무경은 낮게 한숨을 쉬면서 주먹 쥔 손날로 창문을 찍은 다음 손가락으로 점을 네 개 찍었다. 그렇게 하면 강아지 발바닥을 만들 수 있었다. 지선이 알려 줬던 것이었다.

검은 띠들은 돌아가면서 노래를 부르다가 급기야 떼창을 시작했고 예찬은 갈비뼈에 손을 올렸다. 소리가 커질수록 갈비뼈가 더 아팠다. 그럼에도 마음은 즐거웠다. 통증이 느껴지는 만큼 무경과 자신이 가까워지고 있는 기분이 들어서였다. 누군가와 친해지기도 전에 좋아해 본 건 처음이었다. 입천장이 간질거렸다. 나흘 동안 일어날 일들, 집과 체육관을 오가는 일상과는 전혀 다를 수밖에 없을 시간 동안 무경의 모습이 어떨지 예찬은 몹시 궁금했다. 발차기를 알려 주던 누나, 축구를 끝내 버린 누나, 이기려 들지 않지만 절대 지지도 않는 누나.

무경 누나.

내가 좋아하는, 아니 내가…… 그러니까 나의, 이차 함수 같은 누나.

그런 누나와 친해질 수 있다면,

얼마나 좋을까.

도착했을 때는 제법 굵은 빗줄기가 떨어졌다.

"왜 아무도 비가 올 거란 생각을 못 한 거냐."

관장은 한심하다는 듯이 말했다. 우의를 챙겨 온 사람은 관장과 무경뿐이었다. 입산이 금지될 만큼의 비는 아니었지만 맨몸으로 맞기에는 차가웠다. 오르막에서 열이 오르고 내리막에서 몸이 식는 일이 반복되자 예찬은 감기 기운을 느꼈다. 점심은 라면이었다. 날씨가 궂으니 간단히 먹고 대피소까지 최대한 빠르게 가는 계획이었다. 으슬으슬한 몸이 뜨끈하고 짭짤한 국물을 자꾸 원했고 다들 쉴 새 없이 냄비를 긁었다. 예찬도 그렇게 했고 다시 출발했을 때는 배가 묵직해졌다. 그 바람에 갈비뼈의 통증이 더 심해졌다. 한 사람 두 사람 앞으로 보내고 나니 뒤에는 무경뿐이었다. 대피소까지 남은 거리는 300미터였다. 힘을 내서 걸어 보려 했지만 발걸음이 천근만근이었다. 누나는 괜찮은가? 아프지 않나? 생각하는 사이 예찬은 무경의 바로 뒤까지 따라와 있었다. 그리고 '힘내.'라고 말하며 예찬의 가방을 살짝 들어 올려 주었다. 예찬은 처음엔 놀랐고 그다음엔 기뻐서 발목을 접질렸다.

4

둘째 날 일정이 시작되기 전에 무경은 관장에게 이렇게 말했다.

"예찬이는 제가 데리고 갈게요."

그 말을 들은 순간 예찬은 검은 띠들에게 구박받았던 간밤의 설움이 싹 씻겨 내려가는 걸 느꼈다. 무경이 왜 그러는지는 알 수 없었지만 중요한 건 이유가 아니었다. 무경과 단둘이 하루를 보낼 가능성이 열린 이상 다른 방식의 하루는 죄다 시시해져 버렸다. 예찬은 한마디의 말에 완전히 사로잡히는 그 상황에 놀랐다. 불과 몇 분 전만 해도 상상조차 하지 않았던 일이 무경이 말함으로써 절대로 놓치고 싶지 않은 뭔가가 된 것이었다. 예찬은 관장이 안 된다고 할까 걱정이 됐다. 최대한 태연한 척해 보려 했지만 잘되지 않았다. 관장은 무경이 아니라 예찬의 눈을 보면서,

"그렇게 해라."

말했다.

예찬의 발목은 좀 애매한 상태였다. 빨리 걸을 수 없고 자주 쉬어야 했지만 그렇다고 엄청나게 아픈 건 아니었다. 다음

대피소까지 빠른 속도로 가서 자리를 잡아야 하는 선발대와 무거운 짐을 지고 따라가는 후발대 사이의 대략 3킬로미터, 그 사이에서 예찬과 무경은 함께 걸었다.

"저 괜찮아요. 걸을 만해요."

예찬은 뒤에서 따라오는 무경을 돌아보며 말했다. 안 물어봤는데. 무경은 그런 표정이었고 예찬은 어색하게 웃으며 다시 걸었다. 사실 무경은 별로 괜찮지 않았다. 자기 페이스대로 걷지 못하고 예찬이 걷는 모양을 살피며 걷자니 답답했다. 그래도 그게 나았다. 예찬과 따로 걷기로 한 이유는, 검은 띠들과 어울리고 싶지 않아서였다. 예찬이 다치는 순간 그 생각을 떠올렸다. 무경의 속내를 알 길 없이 예찬은 마냥 좋기만 했고 그런 마음이 터져 나오려는 걸 꾹꾹 눌러야 했다.

뱀사골에서 벽소령까지 가는 것이 오전 코스였다. 가장 어려운 건 화개재까지 내려가는 길이었다. 목재로 된 계단이 끝없이 이어졌다. 예찬은 발목에 제대로 힘을 주기가 점점 힘들었다. 예찬의 어정쩡한 걸음을 보던 무경은 예찬을 불러 세우고 가방을 가져갔다.

"어? 누나 왜 이래요!"

예찬은 가방끈을 붙들었다. 예찬의 가방까지 들면 무경은 혼자 쌀 한 포대 정도의 무게를 업고 걷는 것이나 다름없었다. 무경은 예찬의 손등을 툭툭 치며 고개를 저었다.

"이 계단 끝날 때까지만."

예찬은 손에 힘을 풀고 가방을 넘겼다.

이게 끝나긴 할까요?

그렇게 생각하면서 예찬은 사실은 오늘이, 함께 걷는 이 길이, 끝나지 않기를 바라고 있다, 말하고 싶었다.

계단이 끝나 갈 즈음 예찬의 발목에서는 열이 났다. 등산화 안에서 복숭아뼈 자리가 부어오르는 게 느껴졌다. 무경과 예찬은 평평한 바위를 찾아서 앉았다. 해가 쨍하게 떠서 더웠다. 습기와 열기 때문에 숨이 턱에 찼다. 예찬은 발목에 신경을 쓰느라 잊고 있던 갈비뼈의 통증을 느꼈다.

"누나."

"응?"

"옆구리 괜찮아요?"

"내 옆구리가 왜?"

"아프지 않아요?"

"안 아픈데?"

예찬은 이상했다. 정작 누나는 괜찮다는데 내가 아픈 이 상황은 대체 뭘까. 내가 누나의 고통을 대신 느끼고 있는 건가. 그럴 수도 있다는 걸 오래된 책에서 본 적 있었다. 책에는 그게 아름다운 일이라고도 적혀 있었다. 내가 아픔으로써 누나가 안 아플 수 있다면…… 그런데 언제 내 마음이 이렇게까지 됐지? 예찬은 숨을 크게 들이마셨다. 갈비뼈가 몹시 아팠다.

"배도 아픈 거야?"

무경이 물었다. 예찬은 무경이 물어봐 줘서 좋았다.

"아뇨. 괜찮아요."

"그럼 가자."

무경은 손을 툭툭 털고 일어섰다.

둘은 다시 걸었다. 무경은 조금만 더, 저 오르막까지만, 저 나무까지만, 하면서 예찬의 가방을 계속 들고 갔다. 목에 두른 손수건이 땀으로 흠뻑 젖은 게 예찬의 눈에 보였다. 그런데도 무경은 잘 걸었고 예찬은 그 걸음에 맞춰서 계속 발을 내디딜 수 있었다.

12시가 조금 지났을 때 벽소령에 도착했다. 예찬이 살면서 가장 높이 올라와 본 곳이었다. 예찬은 그곳을 오래도록 기억하게 될 거라 생각했다. 벽소령이라는 이름은 잊어도 하늘이 맑고 나무는 없고 봉우리라고 하기엔 왠지 넓은 땅 위에 섰던 한순간은 잊지 못할 것 같았다. 하늘이 머리 바로 위에 있었다. 손을 뻗으면 하늘에 있는 뭔가가 만져질 듯했다. 그걸 잘 뭉치면 나의 마음을 닮은 무엇이 만들어지지 않을까? 예찬은 그걸 무경에게 보여 주고 싶었다. 무경이 화장실에 간 사이에 팔을 하늘로 길게 뻗었다. 손가락 사이로 바람이 지나갔다. 하늘에 손을 담그고 있는 기분. 이거 좋은데? 발목도 아프고 갈비뼈도 아프지만, 그냥 좋아.

"벌써 만세 하니?"

무경이 어느새 예찬 곁에 와 있었다. 예찬은 민망해져서,

"네."

작게 대답하고 팔을 내렸다.

"아직 멀었어. 갈 길이 구만리야."

무경은 가방에서 버너와 코펠과 쌀을 꺼내 냄비밥을 지었다. 예찬은 3분카레를 데웠다. 코펠 뚜껑에 돌을 올려놔도 밥이 잘 끓지 않았다. 예찬은 조급해졌다. 후발대에 따라잡힐까 걱정이 되었다. 이곳에서 무경이 아는 사람이 자기뿐이라는 실감, 그것을 빼앗기고 싶지 않았다. 버너의 불꽃을 보며 빌었다. 끓어라. 끓어라.

"노려본다고 밥이 익겠니?"

무경은 팔다리를 쭉 펴며 말했다.

"저기 좀 봐."

예찬은 무경이 가리키는 데를 봤다. 운무가 보였다. 구름이 있고 구름을 뚫고 올라온 나무도 있었다.

"우리 지금 구름 위에 있는 거예요?"

무경이 고개를 끄덕였다. 구름이 천천히 움직일 때마다 풍경이 바뀌었다. 예찬이 느끼기에 시간이 느리게 흐르는 것 같았다. 밥도 그 속도로 잘 익었다. 밥을 다 먹고 그릇을 닦을 때까지도 후발대는 오지 않았다. 예찬과 무경은 서로를 아는 유일한 사람인 채로 벽소령을 떠났다.

벽소령에서 장터목 대피소까지 가는 다섯 시간 동안 예찬과 무경은 딱 한 번만 쉬었다. 비가 왔기 때문에 걸음을 재촉해야 했다. 압력이 센 분무기로 뿌리는 것 같은 비가 두 사람의 몸을 계속 적셨다. 무경이 가방에서 우의를 꺼냈다. 두 벌이었다. 하나는 자신이 입고 하나는 예찬에게 줬다.

"어? 이거 두 개였어요?"

"응."

"근데 왜 어제는 하나만 꺼냈어요?"

"거기서 너한테만 주는 것도 이상하잖아."

예찬은 귀를 의심했다. 방금 누나가 뭐라고 한 거지? '너한테만'이라니. 그게 무슨 뜻이죠?

"무슨 생각을 하는 거야. 내가 그 새끼들한테 이걸 줄 리가 없잖아."

맞는 말이었다. 그렇지. 누나가 검은 떠들한테 우의를 주고 싶을 리가 없지. 우의가 아니라 무엇도 주고 싶을 리 없지. 그렇다고 해도 예찬은 기뻐지는 마음을 어쩌지 못했다. 내가 누나에게 특별한 존재는 아니어도 다른 존재는 될 수 있다. 그건 아주 중요한 일 같았다.

무경이 준 우의를 입은 것뿐인데 예찬은 아프지 않았다. 갈비뼈도 발목도 그리고 어느 곳도 아프지 않았다. 이대로 밤새 걸을 수도 있을 것 같았다. 하지만 무경은 좀 쉬어 가자고 했다.

"너 입술이 파래."

예찬은 공기가 차게 느껴진다는 걸 그제야 알았다. 숲길이 구불구불 이어지는 구간을 지나 하늘이 보이는 장소가 나왔을 때 두 사람은 잠시 앉았다. 다시 구름 위로 올라갔기 때문에 하늘이 맑았다. 두 사람은 온몸의 세포가 톡톡 깨어나는 느낌을 받았다. 거기에는 개처럼 생긴 바위가 있었다. 엎드려서 발을 핥고 있는 개를 닮은 바위였다.

"친구네 개가 매일 저러고 있었거든. 저러면 편하게 쉬는 거거든."

앉을 수 있는 유일한 바위였지만 둘은 그 위에 앉지 않고 옆에 앉았다. 무경이 지선과 뭉치 이야기를 조금 더 했고 예찬은 그걸 들었다. 예찬은 그 이야기가 무척 마음에 들었고 가방에서 초코바를 꺼냈다. 반으로 잘라 무경과 나눠 먹었다. 달고 고소한 맛이 온몸에 퍼졌다. 초콜릿과 아몬드 같은 하루라고, 예찬은 생각했다.

5

지리산에서의 세 번째 날은 칠흑 같은 어둠 속을 걸으며 시작되었다. 새벽 3시의 깊은 산중, 무경과 예찬은 사는 동안 경험했던 어떤 순간과도 다른 차원의 어둠 속에 있었다. 잠이 덜 깬 사람들이 랜턴이 달린 헬멧을 쓰고 앞사람의 발뒤꿈치만 보면서 걸었다. 앞사람이 천천히 걸으면 따라서 속도를 줄이고 앞사람이 펄쩍 뛰면 딱 그 거리만큼 따라 뛰는 게 규칙이었다. 선두의 길잡이가 멈춰 서면 뒤를 따르던 모두가 차례로 섰다. 그러면 누가 시키지도 않았는데 다 함께 하늘을 올려다봤다. 끝 모를 밤하늘. 예찬의 머릿속에 우주의 모습이 펼쳐졌다. 이마에서 시작된 수십 개의 빛이 우주를 향해 곧게 나아갔다. 무경도 그렇게 했다. 무경은 가장 밝은 별을 찾아 자신의 랜턴 빛을 맞춰 보려고 했다. 불빛이 다가가면 별이 보이지 않았다.

천왕봉에 올랐을 때도 세상은 깜깜했다. 하지만 금세 밝아졌고 곳곳의 봉우리가 형태를 갖추었다. 어둠 속에 있었던 적이 없던 것처럼 천연하게 모습을 드러낸 산세를 보던 예찬은, 설마 이게 다야? 생각했다. 어둠 속에서 이글거리는 태양이 솟아오르는 광경을 기대했으나 현실은 달랐다. 희뿌연 하늘에 빛이 물감처럼 번지더니 그대로 아침이 되었다. 붉은 기운은 설핏 지나갔을 뿐, 그대로 일출은 끝이었다.

백무동 방향으로 하산하는 길에서는 선발대와 후발대를 나누지 않았다. 예찬은 발목이 아프지 않았지만 절뚝이는 척을 하면서 검은 띠들과 거리를 두고 걸었다. 무경도 그들과 조금 떨어져서 걸었다. 그러나 전날만큼 예찬과 가까이에 있진 않았다. 검은 띠들은 엄청나게 시끄러웠다. 지저분한 농담을 하고 무경 쪽을 흘끗거리다가 서로를 헐뜯고 욕을 하면서 웃어 댔다. 무거운 배낭 때문에 휘청거리면서도 서로를 밀고 당기고 쫓고 쫓겼다. 그건 체육관에 있을 때와 전혀 다르지 않은, 예찬이 보기에는 산과 어울리지 않는 행동이었다. 예찬은 그게 너무나 싫었다. 정말 눈 뜨고 보기 힘들 정도로 싫었는데 그 이유는, 산을 사랑하게 되어서였다. 산의 빛깔이, 공기가, 소리가, 냄새가 소중했다. 자신도 모르게 고개를 돌려 무경을 한 번 봤고 산에 들어와 걸으면서 느낀 것들을 떠올렸다. 검은 띠들은 절대 알지 못할 어떤 것들을 생각했다. 그러자 예찬은 몸이 조금 뜨거워지는 것을 느꼈다. 그런 한편으로 걸음이 가뿐해지는 것도 같았다. 예찬은 그 기분을 무경에게 설명하고 싶었다. 그때였다.

"야. 저것 좀 봐."

무경이 예찬에게 다가와 속삭이듯 말했다. 무경이 가리킨 곳에 다람쥐가 있었다. 예찬의 주먹 크기 정도 되는 몸집에 복슬복슬한 꼬리를 가진 다람쥐가 도토리를 품에 안고 있었다. 예찬과 무경은 감탄했다. 소리가 멎고 시간이 멈췄다. 예찬이 손목시계를 보자 초침이 똑딱이 아니라 똑—딱,하고 갔다. 정말이었다. 무경도 예찬의 시계를 같이 봤다. 무경이 예찬을 보았고 두 사람의 눈이 마주쳤다. 새소리가 들리고 시간이 똑딱, 흘렀다.

그 순간, 다람쥐보다 몇 배는 큰 회색 짐승이 다람쥐를 물고 사라졌다. 무경과 예찬은 못 박힌 듯 서 있다가 관장이 부르는 소리에 걸음을 옮겼다. 예찬은 몇 번이고 뒤를 돌아보았다. 다람쥐가 사라진 빈자리에 구멍이 뚫려서 그 속으로 산이 송두리째 빨려 들어가는 것 같아서였다.

백무동의 민박집에 도착하자마자 늦은 점심을 먹었다. 민박집은 관장의 친구가 운영하는 곳이었다. 친구는 관장을 아주 좋아하는 사람이어서 토종닭 일곱 마리를 삶아 놓고 기다렸다. 수돗가에는 다 치우지 못한 닭 털이 달라붙어 있었고 배수로에는 핏물이 고여 있었다. 마당의 평상에 차려진 밥상에는 껍질이 노르스름한 닭들이 올라 있었다. 검은 띠들은 환호하며 밥상에 달려들었다. 예찬은 끄트머리에 앉아 김치와 오이와 밥만 조금 먹었다. 예찬이 잘 먹지 않아도 닭은 빠르게 줄었다. 무경은 반대편 끝에 앉아 있었다. 예찬이 곁눈질로 보려고 해도 검은 띠들의 몸과 팔이 계속 시야를 가렸다.

먹은 게 소화되기도 전에 다 함께 계곡으로 내려갔다. 예찬은 따뜻한 물로 씻은 다음에 잠을 자고 싶었다. 하지만 무경이 있는 곳에 같이 있고 싶은 마음이 더 컸다. 확인하고 싶은 게 있었다. 누나는 왜 굳이 동수 형과 같은 밥상에 앉았을까?

자리는 충분히 많았는데. 왜 나랑 같이 앉지 않았지? 우리가 친해졌다고 생각한 건 내 착각이었을까? 예찬은 답 없이 가라앉기만 하는 생각은 하고 싶지 않았지만 질문은 자꾸 가지를 쳤다. 계곡으로 내려가는 길에 무경은 예찬에게서 멀찌감치 떨어져 걸었다. 그리 이상할 것도 없는 일인데 예찬은 불안해졌다. 무경과 말 한마디 하지 않았던 때보다 더 조바심이 났다. 그 순간의 무경은 저만치 앞에서 걸어가는 사람, 검은 띠들과 함께 계곡에 뛰어들 사람이었다. 어제의 무경과 오늘의 무경이 예찬의 머릿속에 서 있었다. 아무 말도 없이, 아무 표정도 짓지 않고, 그저 가만히. 우리는 아무 사이도 아니야. 말하는 것처럼, 가만히.

무경은 물에 들어갔다 나오기를 반복했다. 누구와도 어울리지 않고 혼자서 그렇게 했다. 예찬은 커다란 가지가 수면에 닿을 듯이 늘어진 나무 아래에 앉아 있었다. 계곡으로 내려온 지 한 시간 정도 지났을 무렵 검은 띠들이 모여서 담배를 피웠다. 일곱 개의 벗은 몸, 일곱 개의 젖은 머리통이 일곱 개의 담배를 물었고 일곱 줄기의 연기가 맑은 하늘 위로 올라갔다. 그리고 별안간, 천둥이 치더니 엄청난 양의 빗줄기가 쏟아졌다. 검은 띠들은 민박집으로 올라가는 계단이 있는 쪽으로 건

너가 있었지만 예찬과 무경은 아직 계곡 가운데의 바위에 있었다.

"야! 일어나!"

엄청난 포말이 만드는 압도적인 기세에 눌려 정신을 놓고 있던 예찬에게 무경이 소리를 질렀다. 예찬은 그때서야 위험을 깨닫고 일어섰다. 예찬과 무경은 바위에서 내려섰다. 삽시간에 불어난 물이 다리를 거세게 휘감았다. 조금이라도 지체했다가는 상반신까지 물이 차오를 것 같았고 그러면 순식간에 휩쓸려 가게 될 것이었다. 예찬은 뭍과 멀지 않은 바위에 있었기 때문에 금세 빠져나갔다. 앞이 보이지 않을 만큼 큰비가 쏟아져서 땅을 밟고 섰는데도 물에 계속 잠겨 있는 느낌이었다. 얼굴로 쏟아지는 빗물을 닦아 내고 무경을 보려 했으나 잘되지 않았다.

"악!"

비명을 지른 게 무경이었는지, 자신이었는지, 다른 누구였는지 예찬은 알지 못했다. 뭍에 거의 도착한 무경이 넘어져 급류에 휘말렸다. 물보라에 잠겼다 올라오길 반복하며 손쓸 수 없이 멀어지는 무경의 몸이 보였다. 하지만 그건 착각이었다. 무경은 하얗게 질린 얼굴로 물 밖에 나와 있었고 그 옆에는 흠뻑 젖은 채 무릎을 꿇은 황동수가 있었다. 예찬은 그 광경을 보고도 믿을 수 없었다.

설마.

지금 누나를 구한 게 동수 형이라고?

6

민박집으로 돌아가는 오르막길에서 무경은 황동수가 준 타월로 어깨를 감쌌다. 검은 띠들이 황동수의 용기와 순발력에 대해 열심히 떠들었고 무경은 젖은 머리를 떨군 채 타월을 꽉 쥐고 걸었다. 황동수는 평소와 달리 차분했다. 예찬은 불길한 예감에 몸을 떨었다. 황동수와 무경이 찰나의 순간에 무언가를 느꼈을 것 같아서였다. 그건 자신이 무경과 하루 동안 걸으며 나눈 시간과 공간과 대화로는 절대 맞설 수 없는 엄청난 것…… 예찬은 이 산에서의 며칠이 무경과 황동수를 묶어 주기 위한 것이었다는 생각이 들었다. 예찬은 정체 모를 무엇에게 강한 배신감을 느꼈다. 무경과 황동수가 민박집 담벼락에 기대어 몸을 맞대고 입술을 포개는 상상이 예찬을 괴롭혔다. 누나를 구한 사람이 나일 수는 없었을까? 반복해서 돌이켜 봐도 그 상황에서 물에 뛰어들고 무경의 손을 붙드는 자신은 그려지지 않았다. 소나기는 금방 그쳤고 뙤약볕이 예찬의 정수리를 뜨겁게 덥혔다.

해가 지기도 전에 술판이 벌어졌다. 관장의 친구는 삼겹살을 산처럼 쌓아서 내주었고 냉장고에 있는 술도 다 가져다 마시라고 했다. 그가 그렇게 한 이유는 관장이 그의 생명의 은인이어서였다. 관장의 군대 선임이었던 그는 초소 경계 중에 과호흡을 일으키며 쓰러졌고 관장이 심폐 소생술을 해 준 덕분에 목숨을 건졌다. 그는 관장에게 평생을 보답하며 살기로 결심했고 실제로 그렇게 했다. 예찬은 생명의 은인에게 은혜를 갚으려는 이의 마음이 얼마나 진심일 수 있고 오래 지속될 수 있는지 생각해 봤다. 무경과 황동수의 사이도 이제 그렇게 되는 걸까? 예찬은 두려웠다.

민박집 주인은 관장을 따로 대접하겠다며 차에 시동을 걸었다. 관장은 늦지 않게 돌아올 테니 얌전히 놀라는 당부를 황동수에게 했다. 그러나 밤이 깊도록 두 사람은 돌아오지 않았다. 고기와 술은 아무리 먹고 마셔도 바닥이 나지 않았다. 둘 중 뭐라도 떨어져야 이 지겨운 저녁 식사가 끝날 텐데, 예찬은 망연하게 앉아 있었다. 무경도 자리를 뜨지 않았다. 황동수는 귀한 약이라도 주는 것처럼 무경에게 술을 권했다. 무경은 무릎을 안고 가만히 앉아 있기만 했다. 예찬은 그런 무경이 이해되지 않았다.

"형, 저도 주세요."

어디서 그런 용기가 났는지 예찬 자신도 알지 못했다. 분노와 용기는 별로 다른 것이 아닐지도 모르겠다고 예찬은 생각했다. 황동수는 네가 웬일이냐 하는 얼굴로, 그러나 싫지는 않은 얼굴로 예찬에게 술을 줬다. 예찬은 유리컵을 꽉 채운 맥주를 보면서 심란해졌다. 한 번에 쭉 들이켜야 멋진 거지? 근데 내가 할 수 있을까? 그렇다고 물러설 수도 없었다. 예찬은 잔을 입에 대고 꿀꺽꿀꺽 맥주를 마셨다. 이것 봐라? 황동수를 비롯한 검은 띠들이 자신을 달리 보고 있음을 예찬은 알 수 있었다. 누나도 보고 있나? 이까짓 게 대체 뭐라고! 예찬은 컵을 소리 나게 내려놓고 말했다.

"소주로 주세요."

12시까지 얼마 안 남았던 때, 예찬은 화장실에 너무 가고 싶었다. 하지만 자리를 뜰 수 없었다. 관장은 아직 돌아오지 않았고 검은 띠들이 여기저기 널브러져 있었다. 예찬이 잠시 정신을 놓은 사이에 술판의 풍경이 많이 바뀌어 있었다. 상 앞에는 예찬과 황동수와 무경만 있었다. 황동수는 여전히 상석을 차지하고 앉아서 조금 떨어져 있는 무경 쪽으로 몸을 기울인 채 뭔가 열심히 말했다.

"그러니까 내가 보기에 너는……."

황동수는 쌈장이 묻은 젓가락으로 무경을 가리키며 말했다. 예찬은 황동수가 뭐라고 하는지 제대로 듣고 싶었지만 자꾸 정신이 오락가락했다. 아, 들어야 하는데. 저 새끼가 뭐라는 건지. 누나가 뭐라고 대답하는지. 다 들어야 하는데. 가물가물 보이는 무경은 황동수와 조금 어긋나게 몸을 틀고 앉아 있었다. 얼굴이 조금 붉어진 것도 같았다. 뭐야, 뭔데. 누나! 그 새끼 말 듣지 마요. 나랑 이야기해요. 어제처럼, 나랑! 말하고 싶었지만 목소리가 나오지 않았다.

쾅!

황동수가 상에 머리를 박고 늘어졌다. 이제 남은 건 예찬과 무경뿐이었다. 누나, 우리 이제 이야기해요. 무경 쪽으로 조금 가까이 가 보려고 몸을 움직이는 순간, 예찬은 장기가 모조리 뒤집히는 느낌을 받았다. 황급히 일어나 화장실로 뛰어가다가 참지 못하고 마당 한가운데에 와르르르 토해 버렸다.

7

무경은 예찬이 쏟은 걸 다 치웠다. 양동이에 물을 받아서 붓고 물 빗자루로 싹싹 밀어서 흔적 없이 치웠다. 무경을 빼고는 모두 아무 데나 퍼져서 자고 있었고 술에 잔뜩 취한 관장과 친구는 쓰러진 검은 띠들을 한 번씩 발로 툭툭 건드리더니, 약해 빠진 새끼들, 욕을 한 뒤에 뻗어 버렸다. 이 세상의 마지막 날이라도 된 것처럼 죄다 널브러진 남자들을 보며 무경은 혀를 쯧, 찼고 평상 끝에 양반다리를 하고 앉았다. 손 닿는 거리에 예찬의 머리가 있었다. 이마에 땀이 송골송골 맺힌 예찬은 인상을 잔뜩 찌푸리고 있었다. 무경은 두루마리 휴지를 뜯어 물에 적신 다음 예찬의 이마에 붙였다. 예찬의 미간이 펴졌고 무경은 그 얼굴이 좀 재밌다고 생각했다.

예찬이 눈을 떠 보니 아직 밤이었고 하늘에는 쏟아질 듯이 많은 별이 떠 있었다. 예찬은 머리가 깨질 듯이 아팠다. 일어나려고 하는데 무경의 목소리가 들렸다.

"토할 거면 화장실 가라."

정말 속이 울렁거려서 예찬은 움직이기가 힘들었다.

"누나 왜 안 자요?"

"잠이 안 오네."

"안 피곤해요?"

"피곤하지."

"근데 왜 안 자요?"

예찬은 무경이 자신을 돌보기 위해 깨어 있었다는 말을 듣고 싶었다.

"잠이 자꾸 깨. 공기가 너무 좋아서."

무경이 크게 공기를 들이마셨다. 예찬도 따라 해 봤다. 자꾸 뭔가를 기대하게 되는 마음을 밀어내려고, 숨을 크게 삼켜 보려고 했다. 술 냄새와 토사물 냄새만 느껴졌다. 또 토할 것 같아서 똑바로 누워 숨을 가다듬었다.

"자라."

"저도 잠 깼어요."

예찬은 거짓말을 했다. 다시 잠들 수 있었고 그러고도 싶었지만 참았다. 무경에게 묻고 싶은 게 아주 많았다.

"누나."

"왜."

"별일 없었어요?"

"별일?"

무경이 되묻자 예찬의 말문이 막혔다. 뭐라고 해야 하나.

그러니까 내가 궁금한 건,

"동수 형이랑……."

말을 끝맺을 수가 없었다. 그 뒤에 이어지는 말이 정말로 일어난 일이라면…….

"야."

무경이 예찬의 이마를 툭 쳤다. 물에 젖은 휴지 때문에 큰 소리가 났다. 산속에서 뭔가 푸드덕하는 소리가 들렸다. 예찬은 어지러웠다. 머리가 제멋대로 춤이라도 추는 것 같았다. 간신히 한쪽 눈만 떠서 무경을 올려다봤다.

"내가 그 새끼랑 뭘 해야 되는데?"

"그 새끼……요?"

"그럼 뭐라고 해. 오빠라고 불러?"

"그래도……."

"그래도 뭐."

"형이 누나 구해 줬잖아요."

"구해 주긴 뭘 구해 줘. 착한 일도 실수로 할 수 있어. 나쁜 놈들도 그럴 수 있는 거라고."

"그럼 술은 왜 같이 먹었어요?"

"내가 걔랑 술을 왜 먹어?"

"아까 같이 마셨잖아요."

"뭐래. 난 그냥 앉아 있었던 거야. 공기도 좋고 별도 좋고 해서. 개가 자꾸 따라다니고 시끄럽게 해서 짜증은 좀 났지만."

예찬은 기뻤다. 누나는 변하지 않은 거야. 그냥 그대로, 예찬이 아는 사람 그대로. 밝은 모래를 뿌려 놓은 것 같은 밤하늘과 숲을 쓸고 가는 바람 소리, 이제 예찬에게도 확연하게 느껴지는 맑은 공기. 예찬은 준비가 되었다고 생각했다.

"누나."

"왜 자꾸 불러."

"저 누나 좋아해요."

"왜?"

예찬은 당황했다. 왜 좋아하느냐고? 이유가 없는 건 아니지만 그걸 구구절절 어떻게 말해. 그러니까,

"예뻐서요."

무경이 좋아할 것 같은 말을 찾아서 했다.

"야."

"네?"

"너까지 지랄할래?"

"……."

"그냥 사는 것도 바빠 죽겠는데 니들 눈에 예쁘기까지 해야 하냐?"

예찬은 자신을 보는 무경의 시선이 느껴져서 눈을 감았다.

"……그럴 필요는 없죠."

"그럼 못 들은 걸로 한다?"

"뭘요?"

"전부 다."

"알겠어요."

잠시 침묵, 예찬이 다시 말했다.

"그런데요."

"뭐."

"다음에 또 말하고 싶으면 어떻게 해요?"

"말해. 네 마음이지 뭐."

"그래도 돼요?"

"그래. 그때도 난 못 들은 걸로 할게."

무경은 그렇게 말하고 웃었다. 그러나 그 얼굴은 예찬에게 보이지 않았다. 예찬은 눈을 감고 괘종시계 소리를 들었다. 초침이 툭툭툭 움직였다. 무경이 노래를 흥얼거렸다. 음이 너무 높아서 예찬은 따라 부를 수 없는 노래였다. 예찬의 갈비뼈가 욱신거렸다. 그것은 무경이 알 수 없는, 예찬의 통증이었다.

부서진 계절

1

박무경,

잊지 않아. 잊지 못해. 부숴 버릴 거야.

빨간색 펜으로 눌러 쓴 쪽지가 돌아다니기 시작한 것은 9월 중순이었다. 쪽지를 인터넷에 유포한 익명의 게시자는 무경과 함께 J여중을 졸업한 누군가였다. 무경과 이렇다 할 친분이 없는 사이였고 그 쪽지를 쓸 때의 마음은 적의보다 장난에 훨씬 가까웠다. 왜 그런 걸 만들었느냐고 묻는다면, 그냥 심심해서,라고 답할 수밖에 없었다. 그럼에도 그 장난에는 정성과 노력이 담겨 있었다. 문장 주변에 잉크를 흩뿌린 다음 입바람을 불어 피가 튀는 이미지까지 연출한 것이었다. 진짜 혈서인가? 쪽지를 본 이들 사이에 설왕설래가 일어나기도 했다. 쪽지는 사진 파일로 저장되어 J여중의 다모임 게시판에 올라갔다. 그 뒤로는 만든 사람도 예상하지 못한 경로를 거쳐 K여고 재학생 카페에도 업로드되었다. 게시물 링크와 캡처가 메신저 프로그램을 타고 학생들 사이에 쭉쭉 퍼졌다.

그리고 무경도 이내 쪽지의 존재를 알게 되었다. 누군가 아직도 우리를 미워하고 있구나. 무경은 생각했다. 물기 빠진 두부처럼 푸석해진 채로 마른 입술을 자꾸 물어뜯던 지선의 얼굴이 떠올랐다.

조용히 학교를 다니는 게 무경의 바람이었다. 어려운 일도 아닐 텐데, 그게 잘 되지 않았다. 어쩐 일인지 무경은 입학과 동시에 학교에서 유명해졌다. 그냥 집, 학교, 체육관을 오고 갔을 뿐이었는데도 그렇게 되었다. 의자매를 맺자고 찾아오는 선배들이 있는가 하면 꽃과 편지를 안겨 주고 가는 애들도 있었다.

그러나,

무경을 싫어하는 애들도 있었다. 좋아한다고 하는 애들처럼 그 애들에게도 특별한 이유는 없었다. 무경에게 구린 구석이 있을 거라 믿고 그걸 찾고 싶어 하는 아이들. 그들의 숫자 또한 적지 않았다. 쪽지 사진을 적극적으로 유포하고 무경에 대한 근거 없는 소문, 이를테면 무경이 중학생 때 학교 폭력을 주도했다거나 축구 선수 시절에 심판을 매수했다거나 하는 따위의 이야기를 꾸며 낸 게 그 애들이었다. 서로가 서로의 존재는 알지 못한 채 각자의 자리에서 퍼뜨린 질 낮은 이야기들은 미풍을 탄 파도처럼, 잔잔하지만 확실하게 퍼져 나갔다.

쪽지가 퍼진 지 일주일쯤 지났을 때 무경이 모습을 감추는 일이 일어났다. 학교는 무경에 대한 이야기로 뜨거워졌다. 그러나 그것은 고작 며칠뿐이었다. 뚜렷한 증거나 추가적인 제보 같은 게 없었으므로 소문은 금방 힘을 잃었다. 대부분의 아이들은 각자의 관심사로 돌아갔다. 무경의 부재는 금세 큰 일이 아니게 되었다.

그러나 예찬에게는 몹시 중요한 일이었다. 무경이 어디에 있는지, 무슨 일이 있는 건지, 예찬은 꼭 알고 싶었다. 무경을 못 본 지 일주일이 넘어가던 날, 예찬은 무경을 찾아가 보기로 했다. 관장이 승합차로 집에 데려다줄 때에 무경이 내리던 곳, 쓰레기봉투가 많이 쌓여 있던 가로등 아래에서 기다리면 만날 수 있을 거라 생각했다. 만나서 무슨 일이 있었는지 물을 작정이었다. 그러는 한편 네가 뭔데, 라는 생각도 들었다. 내가 대체 뭐라고 누나에게 그렇게까지 하나. 예찬은 학교를 마치고 집으로 돌아가는 내내 고민했다.

나는 뭘까.

답은 별안간 튀어나왔다. 아스팔트 가운데 찌그러져 있던 캔이 발끝에 툭 채였을 때였다. 그러니까 그건 예찬의 마음속에 이미 들어 있던 말.

나는,

누나를 사랑하는 사람.

예찬은 우뚝 멈춰 섰다. 사랑이라니. 그게 자신이 가질 수 있는 말인지 고민이 됐다. 아니, 사랑이 맞긴 한 걸까? 말이 되는 걸까? 예찬은 자신이 그걸 하게 될 거라 생각해 본 적이 없었다. 혹시 진짜, 사랑이라면 그건 너무 커다랗고 무거운 것이어서 무경에게 가지고 갈 용기가 나지 않았다. 들고 있으면 온몸을 땅속 깊숙이 끌어내릴 것 같은 말, 그런 마음이었다. 하지만 무경에게 갖게 된 마음을 사랑이 아닌 다른 말로 표현할 길이 없었다.

예찬은 해가 지도록 방에 틀어박혔다. 무경을 사랑할수록 마음이 아파질 것 같아서 겁이 났다. 그런 생각이 몸까지 아프게 했다. 미열과 오한이 밀려왔다. 열이 나고 코가 막히는, 언젠가 느껴 본 기분. 예찬은 모로 누워 눈을 감았다.

땀에 푹 전 채로 잠에서 깨어난 예찬은 어두워진 방 안에서 가만히 있었다. 꿈에서 또 쇼트커트 소녀를 본 것이었다. 예찬은 이제 그 사람이 무경이라는 걸 알았다.

전등을 켜고 시계를 보니 체육관에 갈 시간이었다. 예찬은 체육관에 가지 않고 무경을 보러 갔다. 정해진 시간에 정해진 곳에 있어야 편안함을 느끼던 예찬에게 그런 일은 일탈과 다르지 않았다. 그럼에도 발걸음엔 망설임이 없었다. 한 발 한 발 계속 걷다 보니 불안도 가라앉았다. 목과 등에 땀이 나기 시작하자 몸이 가벼워졌다. 예찬은 차츰 빠르게 걷다가 오르막길에서는 달리기 시작했다.

무경이 사는 골목 초입에 도착한 예찬은 가로등 불빛이 가장 밝게 비추는 곳에 섰다. 무경을 볼 수 없을지도 모른다는 생각은 그때야 들었다. 무경이 이미 집에 들어갔다면, 아직 밖이라고 해도 시간이 엇갈린다면, 혹시 다른 길이 있다면. 그러면 내일 또 와야지. 예찬은 정말로 그럴 셈이었다. 무경을 볼 때까지 포기하지 않을 거라 마음먹었다. 가로등에 모여드는 날벌레들을 보며 예찬은 여리고 부드러운 주먹을 꽉 쥐었다.

2

"얘!"

예찬은 등 뒤에서 들려온 목소리에 깜짝 놀라서 돌아봤다. 자주색 체육복을 입고 단발머리를 한 여자애가 서 있었다. 그녀는 현정이었다. 예찬은 현정이 입은 윗옷에 '高'라고 적혀 있는 걸 봤다. 어리둥절한 채로 서 있는 예찬에게 현정이 다가왔다.

"너도 무경이 보러 온 거야?"

예찬은 한 걸음 뒤로 물러섰다.

"겁내지 마. 나 무경이 옆방 살아."

현정은 예찬이 홀린 사람처럼 가로등만 보고 있을 때 그 옆을 지나갔었다. 쟤도 무경이 보려고 온 건가? 무경이 진짜 짱이네. 그런 생각을 하며 집에 갔던 현정은 왠지 그 남자애가 그대로 있을 것 같다는 느낌이 들었다. 집에 오는 길에 샀던 것들이 담긴 비닐봉지를 들고 집 밖으로 나왔다.

현정은 예찬에게 손짓을 해서 골목 안으로 들어오게 했다.

골목은 복잡했다. 현정을 따라 이리저리 걷다 보니 돌아가는 길을 잃어버릴 것 같아 예찬은 불안했다. 아무래도 무경에게 데려다주려는 건 아닌 듯했다.

"누나."

예찬은 용기를 내 현정을 불렀다.

"응?"

"제가 지금 좀 바쁜…… 데요."

"뭐가 바쁜데?"

현정은 장난스레 물었다. 예찬은 얼굴만 조금 붉혔을 뿐 대답은 하지 못했다.

"관둬. 기다려 봤자 무경이 안 와."

현정은 다시 걷기 시작했다. 예찬은 현정에게 따라붙었다.

"그게 무슨 말이에요?"

"말 그대로야. 무경이 여기 없다고."

현정이 예찬을 데리고 간 곳은 동네 꼭대기의 공터였다. 꽤 높은 곳이어서 도시의 야경이 잘 보였다. 현정은 윗몸 일으키기 기구에 앉았다. 예찬은 평행봉 옆에 섰다. 불안, 걱정, 조급함, 다급함…… 그런 것으로 예찬의 마음은 어지러웠으나 보이는 풍경이 보기 좋은 것도 사실이어서 가만히 야경을 바라

보았다. 현정이 비닐봉지에서 딸기우유와 카스텔라를 꺼냈다. 우유에 빨대를 꽂고 카스텔라 봉지를 뜯어 주었다. 예찬은 그것들을 먹었다.

"무경이가 남자들한테도 인기가 많구나."

예찬은 현정이 무슨 말을 하는 건지 알 수 없었다. 현정은 말없이 야경을 보다가 예찬 쪽을 보며 말했다.

"누나도 이제 공부하러 가야 해서 바빠. 딱 한 번만 이야기해 줄 테니까 잘 들어."

바쁘다면서 여긴 왜 왔대? 그래도 예찬은 고개를 끄덕였다. 현정의 이야기가 끝났을 때 예찬이 한 생각은, 이 누나 공부를 되게 잘하나 보다, 였다. 현정의 이야기는 아주 명쾌하고 간결해서 예찬은 무경이 소문 때문에 괴로웠을 것이라 추측할 수 있었다.

"걔가 그런 일로 잠수 탈 애는 아닌 것 같았는데 말이지."

현정의 말은 예찬을 안심시키면서도 불안하게 했다.

"다 먹었니?"

딸기우유가 반 정도 남아 있었지만 예찬은 고개를 끄덕였다. 현정은 다시 앞장서서 예찬을 골목 초입까지 데려다주었다. 현정이 손을 흔들고 골목 안으로 사라진 뒤에도 예찬은 그곳에 잠시 서 있었다. 경사진 길에 전봇대를 고정하기 위해 두툼하게 발라 둔 시멘트에 몸을 기대고 앉아서 생각했다.

나 말고 누가 여기에 또 왔다는 거지?

3

예찬보다 먼저 무경의 골목을 찾아간 사람은 황동수였다. 무경이 아직 사라지기 전의 일이었다. 체육관 봉고를 타지 않았던 황동수가 무경이 사는 곳을 알아낸 방법은 좀 더 직접적이었다. 황동수는 관장의 사무실에 들어가 수강생 명부를 뒤져 무경의 집 주소를 찾았다. 그렇기 때문에 황동수가 나타났을 때 무경의 경계심은 극도로 높았다. 하지만 완력으로 돌려보내는 것이 무리였으므로 두 사람은 골목 초입에서 한참 이야기할 수밖에 없었다. 그러는 동안 골목에 사는 사람 몇몇이 두 사람을 흘끗거리며 지나가기도 했다. 그 사람들 중엔 현정도 있었다. 현정이 잰걸음으로 골목에 들어간 뒤 무경은 할 수 있는 최대한으로 건조하고 단호하게 말했다.

"다신 오지 마요."

무경은 몰랐지만, 아니 관심도 없었지만, 황동수에게는 여자 친구가 있었다. 현정과 같은 반에 다니는 서연이었다. 학교에서 그저 조용히 지내는 게 좋았던 현정과는 접점이랄 것이 없었다. 서연은 2학년 중에서 무경과 비슷한 인기를 끌고 있었고 자신을 향한 아이들의 관심을 오롯이 즐기는 타입이었다. 뭐든 잘하려고 했고 그만큼 잘했다. 어떤 기대를 받든 그 이상을 해내고 인정받는 일을 서연은 가장 좋아했다. 그러니까 서연은 누가 봐도 황동수와는 어울리지 않는 사람이었다. 그럼에도 두 사람이 사귀게 된 건, 서연 때문이었다.

1학년 2학기가 끝나가던 겨울, 서연은 부회장 선거에서 떨어졌다. 곧이어 열린 방송부장 투표에서도 졌다. 왜 그렇게 되었는지 서연은 이해할 수 없었다. 하지만 그 일은 일어난 일이었다. 서연은 여전히 주인공의 자리에 있었고 사랑을 받았고 관심의 대상이었지만, 부회장도 방송부장도 되지 못했다. 그 자리를 차지한 아이들도 인기와 평판이 좋았지만 1년간 서연이 누렸던 것에 비할 바는 못 되었다. 그러므로 놀라는 아이들이 많았다. 서연이 그 점이 기분 나빴다. 서연이가 왜 떨어졌지? 이렇게 말하는 아이들이 많아도 너무 많아서였다. 그런 생각을 하는 애들 중에 틀림없이 서연 말고 다른 아이에게 투표한 사람도 많았을 거였다. 그렇지 않다면 애초에 서연이 낙선하는 일도 없었을 테니까.

그렇다고 그 일들이 서연의 마음에 큰 동요를 일으킨 건 아니었다. 아니 어쩌면, 서연이 흔들리는 마음을 자신의 의지로 잠재운 것일지도 몰랐다. 그리하여 서연은 여유로운 태도를 유지할 수 있었고 크게 잃은 것 없이 1학년을 마칠 수 있었다. 그러나 서연의 마음은 깊은 곳에서부터 지쳐 갔다. 들여다보기엔 너무 깊숙한 데 자리한 마음이어서 서연이 스스로 감지할 수 있는 기분은, '왜 이렇게 마음이 허전하지?' 정도였다. 조금 쓸쓸하고 외롭다는 생각도 했다. 대단한 정도는 아니었지만 그만큼의 기분조차 서연에게는 낯설었다. 내가 왜 이러지? 이따금 그런 생각을 하며 겨울 방학이 지나갔고 별일은 없었다. 개학을 하고 봄 방학을 하고, 말은 봄 방학인데 아직 겨울이 그득한 낮은 하늘을 보던 서연은,

"시시해. 지루해."

혼잣말을 했다. 서연은 자신이 바람이 빠져 물렁해진 풍선처럼 느껴졌다. 마음이 터질 듯 부풀었던 때가 언제였는지 그리워하게 되었다. 부회장이 되었다면, 방송부장이 되었다면 이렇지 않았을까? 아니 한 번은 이랬을 거야. 그렇게 생각하니 문득 무서워졌다. 서연과 황동수의 연애가 시작된 게 바로 그때였다. 서연은 무엇이든 괜찮으니 마음 채울 것을 찾고 싶었다. 그리고 일본 작가가 쓴 연애 소설을 읽었던 밤, 서연은

황동수를 발견했다.

황동수와 서연은 중학교 동창이었다. 중학교 시절 서연은 황동수를 몹시 싫어했다. 그러니까 서연이 황동수와 연애를 해 봐야겠다고 생각한 건 황동수가 좋아서는 아니었다. 그렇다고 해서 아무나 만나도 돼, 그런 마음도 아니었다. 아파트 뒷문 옆의 전봇대에 오토바이를 세워 놓고 담배를 피우는 모습이 너무 꼴 보기가 싫었고 쟤는 아직도 저렇게 사는구나 싶어서 그냥 지나치려 했는데, 문득 저 애랑 연애를 해 보면 어떨까 생각한 것이었다. 그게 얼마나 이치에 어긋나는 생각인지 서연은 모르지 않았지만 논리적이고 합리적인 일들로는, 사건이 되지 못하는 일들로는, 마음의 허전함을 메울 수 없을 거라는 생각이 들었다. 말도 안 되는 짓을 한번 해 보기에 딱 적당한 때가 온 것 같았다. 연애 소설 속의 주인공이 될 수 있을 것 같은 기분.

그리고 보름 뒤 바로 그 자리에서 서연은 황동수와 키스를 했다.

4

지리산에 다녀온 뒤에 황동수가 이상해졌다는 것을 서연은 단숨에 눈치챘다. 황동수는 오토바이를 타지 않고 스쿨버스로 등교했다. 낯빛이 좀 어두워졌고 식탐도 부리지 않았다. 오히려 입맛이 없다며 어떤 음식이든 반쯤 남겼다.

"어디 아파?"

서연이 물으면,

"그냥 조금 피곤해서."

건성으로 대답한 뒤에 휴대 전화만 열었다 닫았다 했다.

다른 누가 있는 건가?

서연의 마음에 불안이 싹텄다. 그런 일은 서연이 자주 읽던 에쿠니 가오리나 요시모토 바나나의 소설에서 자주 일어났다. 소설 속의 인물들은 대체로 담담하거나 태연했지만 서연은 그러지 못했다.

서연은 자신이 모든 면에서 황동수보다 많은 걸 알고 있다고 확신했지만 그건 사실과 달랐다.

누가 누구를 더 좋아하는가.

서연은 황동수가 자신을 더 좋아한다고 확신했고, 황동수는 굳이 따지자면 서연이 나를 더 좋아하지 않을까, 생각했다. 그나마 옳은 건 황동수였다. 서연은 자신이 건조하고 담백하게 황동수를 대한다고 생각했지만, 철없고 못난 황동수를 자신이 만나 주는 거라 믿었지만, 다 착각이었다. 서연은 황동수를 쉬지 않고 생각했다. 스스로 의식하지 못하는 순간에도 생각했다. 황동수의 모자람, 황동수의 한심함, 황동수의 철없음에 대해서, 자주 생각했다. 그런 생각을 할 때 서연의 기분은 좋아졌고 그러다 보면 고장 난 수도꼭지에서 흘러나오는 물처럼 황동수에 대한 애정이 새어 나와 마음에 번졌다.

황동수는 어땠는가 하면, 서연을 잘 생각하지 않았다. 애초에 서연이 사귀자고 한 이유가 자신을 좋아해서가 아니란 걸 황동수는 알았다. 서연은 황동수가 그걸 꿈에도 모를 것이라 생각했지만 그것도 착각이었다. 황동수는 서연과 적당히 만나다 헤어지면 그만이라고 생각했다. 어쨌든 여친은 있어야 하니까. 황동수는 딱 그 정도의 마음으로 서연을 대했다.

두 사람 사이의 감정은 제법 뚜렷하게 기울어 있었지만 눈으로 보이지 않으니 의식하지 않으면 알기 어려웠다. 그러나 변한 황동수를 보며 서연은 그 기울기를 처음으로 깨달았다. 자신이 알고 있던 기울기에서 현실의 기울기로 변하는 급격한 낙차 속에서 서연은 멀미 비슷한 것을 느꼈다.

이유는 달랐지만 황동수도 어지러운 시절을 보내고 있었다. 지리산에서 내려온 뒤로는 뭘 해도 어색했다. 황동수의 정체를 결정하는 구체적인 무엇, 이를테면 영혼 같은 것이 있다고 할 때 그게 몸속이 아니라 몸 바깥에 나와서 자신의 껍데기를 보는 것 같았다. 걸음을 걷고 밥을 먹고 잠을 자는 껍데기 황동수와 그걸 보는 진짜 황동수. 황동수는 무엇을 해도 속이 울렁였다. 술을 마실 수도, 오토바이를 탈 수도, 담배를 피울 수도 없었다. 황동수는 일상을 채우던 많은 것을 할 수 없게 되었고 살면서 가져 본 적이 없는 고요한 시간을 보내게 되었다. 침대에 멍하니 누워 천장을 바라보거나 동네를 천천히 걸었다. 느리고 헐거워진 생활의 틈으로 생각이 밀려들었다.

그 생각의 시작과 끝은 무경, 언제나 무경이었다.

그럴 리가 없어. 황동수는 처음에 그렇게 생각했다. 그러나 자꾸만 머리를 채우는 것, 몸과 마음을 삐걱대게 하는 것은 무경이 확실했다. 발차기를 할 때 작게 벌어지던 무경의 입, 가방과 도복을 챙기던 무경의 손, 가랑이 사이로 알을 먹이고 지나갈 때 턱 밑을 스치던 무경의 머리카락, 물에 빠지기 직전 흔들리던 무경의 눈동자, 본능적으로 뻗은 손에 맞춤하게 잡히던 무경의 젖은 손목, 품 안으로 들어오던 무경의 몸. 그

몸에서 나던 물비린내. 무경을 이루는 많은 것들이 황동수의 머릿속으로 밀려들었다.

내가 박무경을?

묻고 또 물어도 떠오르는 대답은 하나였다.

그래. 내가 박무경을.

무경을 생각하는 시간이 늘어 가면서 황동수는 서연과 만나지 않으려고 했다. 서연에게 미안한 마음은 갖지 않았다. 그 정도의 책임감이나 체면 같은 것이 황동수에게 있지는 않았다. 그냥 제 몸과 마음을 돌보기에도 버거웠을 뿐이었다. 그러는 사이 서연의 불안과 의심은 커졌다. 결국 서연은 자신이 황동수를 많이 좋아하고 있음을 인정할 수밖에 없었다.

두 사람이 다시 마주친 건 열흘 만이었다. 야간 자율 학습을 마치고 집에 돌아가던 길에 서연은 황동수의 오토바이가 달동네로 이어지는 골목 초입에 세워져 있는 걸 봤다. 그 골목에서 자취하는 애들이 있다는 이야기를 들은 적이 있었다. 서연은 골목으로 들어갔다. 가슴이 뛰고 머리가 뜨거웠다. 가본 적 없는 길이었지만 발길이 먼저 움직였다. 황동수의 발자국이 보이기라도 하는 것처럼 망설임 없이 방향을 꺾으며 걸었다. 얼마 지나지 않아 서연은 황동수를 찾아냈다. 황동수는 방문을 두드리고 있었다.

"야, 박무경!"

황동수의 말을 듣고 서연은 순간적으로 몸이 굳어 버렸다.

"안에 있는 거 다 알아. 문 좀 열어 봐!"

황동수의 큰 목소리에 담긴 감정의 정체 때문에 서연은 눈을 질끈 감아 버렸다. 더 이상 버티고 있을 수가 없었다. 황급히 발길을 돌린 서연은 깨진 유리병을 밟았다. 서연은 슬리퍼를 신고 있었다.

"악!"

서연은 짧은 비명을 삼켰지만 이미 황동수는 그 소리를 들었다. 황동수는 서연의 뒷모습을 알아봤고 성큼성큼 걸어가 붙들었다.

"네가 여기 왜 있냐?"

황동수가 말했다. 서연은 울고 있었다. 왜 여기 있냐고? 그건 내가 묻고 싶은 말이야. 서연은 황동수의 손을 뿌리치고 도망쳤다. 엄지발가락 아래에서 시작된 피가 양말을 적시는 것을 느끼며 서연은 허둥지둥 골목을 벗어났다.

5

무경이 사라진 이유는 쪽지나 소문 따위와는 무관했다. 곤경에 처한 무경이 숨어 버린 것이라는 현정과 예찬의 추측은 오해였다.

무경은 지선을 보러 갔고 그길로 한참을 돌아오지 않았다.

매주 일요일, 지선을 만나는 날은 무경이 기다리는 날이자 두려워하는 날이었다. 지선을 보는 게 좋았지만 딱히 나아진 것이 없는 지선의 모습은 무경의 마음을 무겁게 했다. 무경이 보기에 지선은 여전히 정상이 아니었다. 허물어지고 무너지는 것처럼 보였다. 어떤 날은 이죽거리며 무경의 신경을 긁으려 했다가 어떤 날은 과할 정도로 친절했으며 어떤 날은 달랠 엄두도 나지 않을 만큼 울었고 어떤 날은 별것도 아닌 일에 숨이 넘어가게 웃어서 무경을 당황케 했다. 지난여름의 일이 있기 전의 지선은 어디에도 있지 않은 것 같았다. 그게 어쩔 수 없는 일이라는 걸 알면서도 무경은 괴로웠다. 이해는 되지만 아프고, 그래서 힘들어지는 마음. 자신의 그런 마음이 싫어 무경은 또 괴로웠다.

무경이 도착했을 때 지선은 자고 있었다. 지선의 얼굴은 창백하다 못해 잿빛이었다. 설마? 무경은 지선의 옆에 바싹 다가앉아 코밑에 손가락을 댔다. 가늘기는 해도 숨결이 느껴졌다. 잠든 지선의 표정은 아무것도 적혀 있지 않은 백지 같았다. 손발을 만져 보니 몹시 차가웠고 이마와 목덜미가 땀으로 찐득했다. 지선의 입가에 거품기가 있는 침 자국이 보였다. 무경은 물 묻힌 수건을 가져와 입가를 닦았다. 입속도 닦으려는데 지선이 눈을 떴다.

"아야……."

지선은 무경을 알아보았다.

"무경아, 팔. 나 팔 아파."

무경은 자신이 지선의 팔을 너무 세게 붙잡고 있었다는 걸 깨달았다.

죽을 끓일 재료도 사고 약국에도 다녀올 겸 나갔다 오려는 무경을 지선이 붙들었다.

"그냥 여기 있어."

지선의 손은 무경의 바지 끝을 꼬집듯이 잡고 있었다. 무경은 짧게 한숨을 쉬고 지선의 옆에 앉았다.

"좀 더 자라니까."

"다 깼어."

"진짜 말 안 들어."

"무경아, 나 이야기해 주라."

"이야기?"

"응. 네 이야기. 아무거나."

무슨 이야기를 해. 나 그런 거 못하는 거 알면서. 그렇지만 무경은 이야기를 했다.

새벽에 탔던 시외버스에서 있었던 일이었다. 지선이 간밤에 전화를 받지 않아 불안하던 참이었다. 버스에는 운전기사와 무경밖에 없었다.

"아무리 첫차라지만 손님이 이렇게 없는 건 오랜만이네."

운전기사는 서글서글한 말투로 무경에게 말을 붙였다. 맨 뒷자리 구석에 앉은 무경에게 잘 들리도록 목소리를 높였다. 무경은 몸을 움츠리고 눈을 감았다. 불안해서, 그 누구와도 말을 섞고 싶지 않았다. 지선을 걱정하는 것만으로도 힘겨웠다.

커다란 버스가 어슴푸레한 새벽을 가르는 소리와 엔진에 부하가 걸리는 소리가 번갈아 들렸다. 사람이 내는 것이 아닌 커다란 소리에 기대어 무경은 지선에게 별일 없을 거라고, 괜찮을 거라고 스스로를 달랬다.

얕은 잠에 들었던 무경은 기척을 느끼고 눈을 떴다. 운전기사가 눈앞에 와 있었다. 첫 끼니로 먹은 음식이 무엇인지 알 수 있을 정도로 가까이에 얼굴을 바짝 댔다. 도착했나? 아니, 차는 여전히 달리는 중이었다. 그럼 대체 어떻게? 운전은 어떡하고? 말 한 번 안 받아 줬다고 이렇게까지 해? 무경은 덜컥 겁이 났다.

"잠이 오니 지금?"

운전기사가 무경의 눈을 뚫어져라 보며 말했다. 무경은 두 칸 앞에 앉은 사람의 뒤통수를 보며 도와 달라 말하고 싶었으나 목소리가 나오지 않았다. 마음이 전해진 걸까. 앞사람이 고개를 돌려 무경을 봤다. 그 얼굴은,

"체육관에 같이 다니는 애였어."

"어떤 애?"

있어. 나 좋다는 애. 그렇게 대답하는 대신 무경은 이야기를 계속했다. 정신을 차려 보니 기사는 운전석에 잘 앉아 있었고 무경 외에 다른 승객은 없었다. 꿈인가 싶었지만 아무래도 꿈을 꾼 것 같지가 않았다. 차에서 내릴 때 기사는 여전히 사람 좋은 얼굴을 하고 있었다.

"으, 좀 무서운데."

지선이 말했다. 얼굴은 웃고 있었다.

"웃음이 나오니 지금?"

무경도 마주 웃었다. 지선은 기분이 좋아졌다. 무경의 웃음. 그 얼굴이 그리웠다. 무경의 얼굴 쪽으로 손을 뻗었고 그 손을 무경이 잡아 뺨에 댔다. 그리고 그대로 지선의 옆에 몸을 가로 뉘었다. 지선의 손에서 전해진 온기가 까무잡잡한 무경의 볼을 불그스름하게 덥혔고 지선은 그 따뜻함을 쥐어 보려는 듯 손을 작게 움직이다가 잠이 들었다. 지선의 숨이 평화롭게 가라앉는 소리를 들으며 무경도 녹듯이 잠에 빠졌다.

무경이 잠에서 깼을 때 시간은 정오를 훌쩍 지나 있었고 지선은 곁에 없었다. 지선이 누웠던 자리에는 온기가 남아 있지 않았다. 반지하 방의 창문 틈으로 담배 연기가 들어왔다. 창문을 올려다보는 무경의 눈에 지선의 가느다란 종아리가 보였다. 무경은 거칠게 몸을 일으켜 지상으로 올라갔다.

지선은 혼자가 아니었다. 낯선 얼굴이 지선의 옆에 앉아서 같이 담배를 피우고 있었다. 두 사람의 사이에는 누렇게 변색된 꽁초들이 담긴 2리터 생수병이 놓여 있었다. 무경을 보고 지선이 웃었다. 살짝 열린 입술 사이로 연기가 새어 나왔다. 지선의 현재가 어느 때보다 생생하게 다가왔고 무경은 발끝부터 정수리까지 단번에 뜨거워지는 걸 느꼈다. 몸에 해로운 행동만 하는 지선이 미웠고 그래서 슬펐다. 그 슬픔의 책임이 지선에게 있지 않아서 화가 났다. 지선을 똑바로 볼 수가 없었다. 시선을 돌린 곳에는 지선을 찾아온 이한나가 앉아 있었다.

"안녕……하세요?"

이한나는 반말로 인사를 하려다가 무경의 눈에 서린 강한 적대감을 읽고 존대로 말을 맺었다. 무경은 고개만 한 번 까딱했을 뿐 대답은 하지 않았다. 지선과 마주 앉아 담배를 피우는 당신은, 해로운 인간이다. 무경은 다시 지선을 봤다. 야, 이거 지금 무슨 상황인데.

"인사해. 여긴 나랑 같이 일하는 언니."

지선이 무경에게 다가오며 말했다. 담배 냄새가 훅 끼쳐 와 무경은 뒤로 한 발짝 물러섰다. 지선의 눈동자가 흔들렸고 무경은 그걸 봤지만 모르는 체했다.

"아, 네가 무경이구나. 이야기 많이 들었어. 반갑다."

이한나는 지선에게 들었던 무경과 지금 눈앞에 있는 무경이 정말 비슷하다고 생각했다. 재가 표정은 저래도 마음은 따뜻하다 그랬지? 그래서 편하게 말을 놓기로 하고 활짝 웃었다. 무경은 무방비하게 웃는 이한나가 더욱 싫어졌다. 건강한 얼굴인 게 미웠다. 지선의 안색과는 너무 다른 빛깔의 얼굴. 그러니까 너는 모르지. 지선이 견디고 있는 것들을. 넌 알 수 없어. 그래서 너와 나는 달라. 너는 지선에게 해로운 존재야.

"담배 안 꺼?"

무경은 지선에게 말한 다음 이한나를 노려보았다. 모두의 표정이 굳었다. 엉거주춤 서 있던 이한나도 도로 앉아서 무경을 마주 봤다. 더 이상의 무례는 참지 않겠다는 뜻으로 팔짱을 끼고 눈빛을 고쳤다. 지선도 마찬가지였다. 무경은 식어가는 분위기에 아랑곳하지 않았다. 그래, 이게 맞지. 지금 우리에게 어울리는 분위기는 이런 거지.

"아직 다 안 피웠어."

지선이 담배를 물고 깊게 숨을 들이마셨다가 내뱉었다. 연기가 무경의 귓가와 뒷목을 스치고 지나갔다.

무경이 방으로 들어가 버린 뒤로도 지선과 이한나는 한참을 더 같이 있었다. 간간이 담배 냄새가 방으로 들어왔고 무경은 이불을 머리끝까지 쓰고 눈을 질끈 감았다. 지선이 낯설어서였다. 누군가와 밝게 웃는 게 낯설었다. 웃음소리가 낯설었다. 저녁이 되려면 멀었는데도 짙은 그늘이 드리운 방안으로 지선의 웃는 소리가, 귀에 거슬릴 정도로 높은음의 소리가 들어왔다. 지선이 원래 저렇게 웃었던가? 무경은 기억나지 않았다. 지선과 웃으면서, 자연스럽고 걱정이 없는 마음으로, 나란히 앉아 폴라포 같은 걸 나눠 먹으면서 보내던 더운 날들이 나에게도 있었던 것 같은데. 이제 어떻게 해도 그런 시간은 돌아오지 않을 것 같았다. 하지만 창밖의 지선은 이한나와 그렇게 하고 있었다. 자주 웃고 자꾸 담배를 피우면서.

이한나는 해 질 녘이 다 되어서야 돌아갔다. 지선이 방으로 돌아와 이불을 걷었다. 좀 눕고 싶었는데 무경이 침대 가운데를 차지하고 있었다. 잠이 든 무경의 이마에 땀이 맺혀 있었다. 지선은 선풍기를 가져다 무경 쪽으로 틀어 주었다. 낡은 선풍기의 모터 소리가 컸지만 무경은 깨지 않았다. 무경의 찡그린 미간이 조금 펴졌다. 지선은 무경의 얼굴을 들여다봤다. 잘 때 아기 같은 무경이, 검고 붉고 맨질맨질한, 가을 대추처럼 단단한 무경이. 지선의 눈가가 젖어 들었다.

무경이 눈을 떴다. 보이는 건 지선의 눈, 물기 가득한 눈이었다. 잘 웃던 지선은 또 어디로 가고 울 것 같은 얼굴의 지선이 있었다. 무경은 절망에 짓눌리는 기분이 되었다. 나를 보는 게 힘드니? 무경은 다시 눈을 감았다. 눈꺼풀 아래가 부푸는 걸 막을 수가 없어서 머리를 똑바로 하고 누웠다. 숨을 크게 뱉고 다시 꿀꺽 삼킨 다음에야 지선을 볼 수 있었다.

"갔어?"

"응. 갔어."

"왜 왔대?"

"나 잘 있는지 보러 왔대."

"그 사람이 너 아픈 걸 알았어?"

"어제 일할 때 봤으니까. 걱정이 됐대."

"왜 남한테 걱정을 시켜."

지선은 대답하지 않고 무경을 봤다. 깊이가 사라진 검은 눈동자. 무경은 후회했다. 안 하느니 못한 말이 세상에 너무 많은데, 그걸 자꾸 잊는다. 그럼에도 그 침묵을 견딜 수가 없어서 또,

"그 여자랑 친해?"

"친하지."

"왜 친해졌어?"

"나한테 잘해 줘. 일도 친절하게 잘 알려 줬고. 자기 옛날 생각이 난다고 그랬어."

"걔가 너를 잘 알아?"

"글쎄."

"넌 걔의 옛날을 알고?"

"무경아, 그만 좀 해."

"뭘."

"그건 그냥 일을 먼저 배운 사람이 하는 말이야. 친하게 지내자고 하는 말."

"그래서 친해졌어?"

"너 진짜 왜 그래."

지선의 눈이 붉어졌다. 무경은 입을 닫았다. 그래, 내가 왜 이럴까. 너에게 잘해 주는 사람이 있으면 좋지. 좋은 일이지. 그런데 내가 왜 이러는 걸까. 왜 이리 못나게 굴까. 아니, 실은 알고 있어. 내가 왜 이러는지 너무 잘 알아. 너에게 잘해 준다는 사람, 듣고 싶은 말을 해 주는 사람, 그런 사람을 보면 화가 나니까. 나쁜 기억이 떠오르니까. 믿음에 배신당한 때가 생각나니까. 그래서 내가 이러는 거야.

무경은 턱 끝까지 올라오는 말들을 참느라 숨이 가빴다. 큰 숨을 몇 번에 나누어 쉬어야 했다. 더 이상 지선을 괴롭히면 안 된다. 자극하면 안 된다. 무경은 현관 쪽으로 걸어갔다.

"어디 가?"

"가야지, 이제."

지선은 더 말하지 않았다. 무경은 문고리를 잡고 서서 지선이 뭔가 더 말해 주기를 바랐다. 하지만 지선은 가만히 있었다.

“잘 지내. 끼니 거르지 말고.”

문이 열리고 문이 닫혔다. 계단을 올라가니 낡은 평상 옆에 담배꽁초를 넣은 생수병이 놓여 있는 게 보였다. 서 있는 무경을 노을이 비췄고 무경의 그림자가 지선의 방 쪽으로 드리웠다. 무경이 발걸음을 옮기자 그림자가 천천히 형태를 바꿨다. 마지막 순간에 그림자는 머리에 뿔 달린 무엇처럼 보였다. 방 안에 있던 지선은 명치끝에서 쓴 물이 올라오는 걸 느꼈다. 눈을 꼭 감고 가슴께를 쓰다듬다가 화장실로 달려가 토를 했다. 무경이 듣지 않도록 소리를 죽였다. 그래서 더 아팠다. 무경은 주머니에 손을 넣고 큰길을 향해서 내려갔다. 무경이 잠든 사이 내렸던 소나기 때문에 포장한 지 오래된 길 여기저기에 물이 고여 있었다. 무경은 고인 물을 피하면서 걷다가 스스로 한심하다 생각했고 온 힘을 다해 달렸다. 그러다 골목에서 튀어나온 택시와 부딪힐 뻔했다. 택시 기사는 욕을 한바탕 퍼부은 뒤에 갔고 무경이 뒤를 돌아보았을 때 지선의 집은 보이지 않았다.

무경은 시외버스 터미널까지 갔지만 버스에 타지 않았다. 운전석에 아침의 그 기사가 또 앉아 있었다. 무경은 표를 환

불하지도 않고 집으로 갔다. 무경의 어머니가 흔들리는 눈으로 무경을 맞았다.

"조금만 쉬고 갈게."

무경의 어머니는 무경의 얼굴에서 익숙한 것을 읽었고 아무 말 없이 이불을 펴 주었다. 그 위에 누워서 무경은 며칠을 앓았다. 잠이나 한숨 자고 가려고 했는데 도무지 몸이 일으켜지지 않았다. 땀이 뻘뻘 나고 목이 붓고 그런 건 아니었다. 그렇지만 밖으로 나갈 수가 없었다. 무경은 시간이 어떻게 가는지도 잊은 채로 방에 틀어박혀 있었다.

그렇게 열흘이 지났고 무경은 방문을 열었다.

깨끗하게 세탁된 옷을 입고 가방을 들고 버스를 탔다. 기사의 얼굴을 유심히 보았지만 그때 그 사람인지 알 수 없었다. 버스가 출발한 뒤 지선에게 전화를 걸어 볼까 했지만 그러지 못했다. 또 무언가를 바라는 말을 하게 될까 봐 겁이 났다.

무경이 K시 버스 터미널에 도착했을 때 소나기가 쏟아졌다. 시외버스에서 내려 다시 시내버스를 타고 자취방으로 돌아가는 길이 길었다. 무경은 비를 맞으면서 걸었다. 고등학교에 입학하던 때처럼 죄스러운 기분. 나는 너를 두고 여기에 왔다. 또 왔다. 무경은 어금니로 볼 안쪽을 씹었다. 언젠가부터 생긴 버릇이었다. 어금니 가득 볼을 물고 혀를 대면 피 맛이 났다. 그것은 이제 무경의 어금니에 머무는 맛이었다. 달동네의 오르막길을 걷는 동안 무경은 입 밖으로 숨이 새어 나가는 게 싫어서 볼을 더 세게 물었다. 숨이 느껴지면 살아 있음을 알게 되고 그러면 울 것 같아서 더 세게 물고, 그러면 또 아파서 눈물이 날 것 같고, 뭐가 이렇게 뒤죽박죽이지? 진짜 더는 못 참을 것 같은데, 저게 뭐야?

무경은 우뚝 멈춰 섰다.

무경의 집 앞에 서 있는 사람은 예찬과 황동수였다.

6

예찬과 황동수를 돌려보낸 뒤 무경은 굉장한 피로를 느꼈다. 동네로 돌아오는 동안 비를 맞아서 그런지 온몸이 축 늘어졌다. 무경은 바닥에 짐을 내려놓고 하늘을 올려다봤다. 하늘 가까운 곳에 있는데도 별이 안 보였다. 무경은 주위를 둘러봤다. 골목 안은 별을 보기에 무리가 없을 만큼 충분히 어두웠다. 그런데도 별은 보이지 않았다. 진짜 너무해. 무경은 그런 생각을 했다. 지상의 빛들, 수만 혹은 수십만의 인간들이 만들어 올려 보내고 있을 빛들, 그 빛은 이곳엔 닿지 않고, 별 몇 개를 보고 싶었던 마음조차 허락하지 않는구나. 무경은 왠지 세상 모두가 자신과 눈을 마주치지 않으려고 딴청을 피우는 것만 같았다.

들어가자. 잠이나 자야지. 땅에 내려놓았던 짐들을 다시 들고 방으로 가려는데 103호의 문이 열렸다. 어두운 골목으로 형광등 불빛이 시리게 쏟아졌다.

"안녕?"

문간에 선 현정이 무경에게 인사했다. 무경은 당황해서 뒷굽이 자세로 섰다. 체육관에서 늘 칭찬받았던 동작이었다. 하지만 길의 경사와 가방의 무게 탓에 중심이 뒤로 쏠렸다. 무경은 팔을 허우적거리며 넘어졌다. 짐 가방에서 나온 양말과 속옷, 밑반찬이 담긴 밀폐 용기가 공중에 붕 떴다가 무경의 몸과 함께 떨어졌다. 무경은 뒤통수가 깨질 것 같아서 눈을 질끈 감았다. 다행히 백팩이 머리를 받쳐서 다치진 않았지만 하늘에 뭐가 반짝이는 것 같기도 했다. 별이 보인다는 게 이런 건가? 눈을 끔뻑이며 누워 있는 무경의 시야에 현정의 얼굴이 들어왔다.

"괜찮아?"

현정이 무경에게 손을 내밀었다. 무경이 그 손을 잡았다.

현정이 무경을 당겨 일으켰다. 일어서서 보니 무경의 키가 현정보다 조금 더 컸다. 두 사람의 시선이 사선으로 맞닿았다. 그렇게 잠시 시간이 흘렀고 먼저 입을 연 것은 현정이었다.

"소보로빵 먹을래?"

무경은 거절했다. 이유는 차고 넘쳤다. 모르는 사람의 방에 가서 빵을 먹어야 하는 이유를 찾는 게 훨씬 힘들었다.

"그래 그럼."

현정은 딱히 아쉬워하는 기색 없이 바닥에 흩어진 무경의 짐들을 가방에 담았다. 무경이 만류하며 얼른 같이했지만 현정의 손이 워낙 빨랐다. 요령 있게 짐을 꾸린 현정이 무경에게 가방을 넘겼다. 어쩐지 아까보다 가벼워진 것 같다고 생각하면서 무경은 눈으로 인사를 했다. 무경이 문을 열고 방에 들어갈 때까지 현정은 그 자리에 서 있었다. 무경은 좀 부담스러웠지만 현정의 방에서 나온 불빛 덕분에 문고리에 열쇠를 한 번에 꽂을 수 있었다. 무경의 등 뒤로 문이 닫히고 잠시 뒤에 현정의 문도 닫혔다. 퉁, 퉁. 두 개의 문이 시간차를 두고 닫히는 소리가 무경의 귀에는 마치 겨울철 텅 빈 운동장에서 바람이 꽉 찬 축구공을 찰 때 그리고 누군가가 그 공을 받을 때 나는 소리처럼 들렸다.

현정은 매일 무경을 보고 있었다. 일부러 그랬던 건 아니었다. 무경은 학교에서 쉽게 발견되었다. 인기 있는 사람 주위에 사람들이 모여 있는 건 딱히 이상할 것 없는 일이었다. 그런데 현정이 보기에 무경은 좀 다른 구석이 있었다. 무경에게는 그런 관심을 즐기는 기색이 조금도 보이지 않았다. 그런 한편 현정은 혼자 있을 때의 무경이 어딘가 흐물흐물한 상태가 된다는 것도 알았다. 집으로 돌아갈 때, 쓰레기를 버리러 나갈 때, 옆방에 들리는 줄도 모르고 웅얼웅얼 전화 통화를 할 때. 무경이 꼭 물에 빠진 사람 같다고 현정은 생각했다.

그래서였을까. 무경이 푹 젖은 모습으로 나타났을 때 현정은 문을 열고 나가서 인사를 했고 넘어진 무경을 일으켰고 빵을 먹자고 했다. 거절당했지만 속이 상하진 않았다. 벽 너머에서 무경의 목소리가 들렸다. 엄마와 통화하는 소리였다. 비가 따라왔다고. 무경은 담담히 말했다. 이상한 일이었어. 말은 그렇게 했지만 말투는 심심했다. 거짓말 같지만 정말로 소나기구름이 자기를 따라왔다고. 시내버스에서 내려서 집까지 걸어가는 동안 계속 그랬는데 골목 입구에서 뚝 그쳤다고. 현정은 무경의 말이 진짜일 거라고 생각했다. 현정은 무경과 친구가 되는 상상을 했다. 학교에서 친구 같은 건 만들지 않을 거라고, 마음에 차곡차곡 쌓아 올렸던 벽이 우유에 각설탕

녹듯 사르르, 무너지고 있었다.

무경은 머리가 지끈거려서 씻지도 않고 누웠다. 잠을 자 보려 했지만 잠이 오지 않았다. 왜 이러지? 바로 곯아떨어질 것처럼 피곤했는데. 무경은 시계를 볼 때마다 시간이 말도 안 되게 느리게 흐르는 것을 확인했다. 중력이 어떻게 되면 시간이 느리게 간다고 하지 않았나? 그렇다면 지금 이 방의 중력은 단단히 잘못되었다. 무경은 천장을 바라보며 오늘 있었던 일을 하나씩 떠올려 보다가 조용히 일어나 슬리퍼를 꿰어 신었다. 문을 열고 밖으로 나가서 왼쪽으로 세 발짝을 걸어 103호 앞에 섰다. 방과 방 사이가 생각보다 훨씬 가까웠다는 걸 깨달으면서 무경은 노크를 했다. 문 안쪽에선 아무 소리도 들리지 않았다. 자는 걸까? 다섯을 셀 동안 나오지 않으면 돌아가자.

하나, 둘.

그리고 문이 열렸다.

7

같은 밤, 예찬도 잠들지 못했다.

예찬은 침대에 반듯하게 누워서 천장을 봤다. 무경을 기다리던 초저녁부터 밤까지의 시간이, 그 골목에서 집까지 걸어오던 때의 기분이 자꾸 떠올랐다. 생각을 자르고 잠을 자고 싶었지만 애쓸수록 상념은 더 짙어졌다.

대단한 일이 있었던 것은 아니었다. 무경을 보러 갔고, 무경이 없는 골목에 서서 전봇대의 그림자가 길어지는 것을 봤다. 한참 동안의 일이었지만 잠깐 한눈을 팔면 빛과 질감이 금세 변하는 풍경이어서 지루하지 않았다. 왠지 무경을 만날 수 있을 것 같은 예감이 들었다.

예감이 불길해진 건 완전히 어두워진 다음이었다. 오래 기다려도 가로등이 켜지지 않았다. 골목 입구가 너무 컴컴했고 그런 곳에 있다가는 무경을 놀라게 할 것 같았다. 그건 예찬이 바라는 일이 아니었다. 하지만 무경이 어디에서 나타날지 알 수 없었으므로 계속 그 자리에 서 있을 수밖에 없었다. 예찬이 한참을 고민하고 있을 때 현정이 나타났다.

"또 왔네?"

현정이 가로등을 발로 툭 찼다. 그러자 불이 들어왔다. 현정은 종이봉투에서 단팥빵과 바나나우유를 꺼내 예찬의 손에 쥐여 주고 어깨를 두드린 다음 집으로 갔다. 다시 혼자 남은 예찬은 빵을 조금씩 떼어 입에 넣고 바나나우유와 함께 삼켰다. 다 먹고 나니 가로등이 다시 꺼졌다. 그 순간 인기척이 느껴졌다. 무경이 온 줄 알았는데 어둠 속에서 들린 목소리는 황동수의 것이었다.

"너 여기서 뭐 하냐?"

황동수의 물음에 예찬은 당황해서 어, 저, 말을 더듬었다. 황동수는 관심 없다는 듯이 담배를 입에 물고 라이터를 켰다. 황동수가 가로등 밑동을 발끝으로 찼다. 가로등이 몇 번 깜빡이더니 다시 불이 들어왔다.

"야."

황동수가 예찬을 불렀다.

"네?"

예찬이 대답했다. 황동수는 뭔가 말을 하려다 말고 손만 까딱까딱했다. 예찬이 가까이 가자 황동수는 등을 보이고 걸었다. 황동수를 따라서 예찬이 도착한 곳은 무경의 집 앞이었다. 황동수는 102호 문 앞에 엉덩이를 붙이고 앉아 또 담배를 피웠다. 여기까지는 오면 안 될 것 같은데. 누나가 불편해 할 것 같은데. 돌아가자고 말하자. 아니 나는 간다고 해야겠다.

예찬이 말하려 했을 때 무경이 왔다.

물을 뚝뚝 흘리고 있는 무경을 보며 예찬은 생각했다. 비가 왔었나? 예찬의 기억에 비가 내린 적은 없었다. 그런데도 무경은 물에 빠졌던 사람처럼 젖어 있었다. 예찬의 발이 저절로 움직여 무경에게로 갔다. 무경 역시 예찬 쪽으로 왔고 황동수도 천천히 다가왔다. 황동수와 예찬의 얼굴을 한 번씩 쳐다본 무경은 말했다.

"여기서 뭣들 하는 건지 모르겠지만 그냥 가."

예찬은 무경을 만나면 뭔가 의미 있는 말을 할 수 있을 줄 알았다. 그런데 어떤 말도 떠오르지가 않았다. 그냥 가라니…… 그럼 갈 수밖에 없잖아. 황동수도 말이 없었다. 하지만 예찬과는 달리 무경에게 한 발 다가갔다. 무경은 황동수가 보이지 않는 것처럼 지나쳐 버렸다. 무경의 뒷모습을 보는 황동수의 눈이 어딘지 기이하게 빛나는 것을 예찬은 봤다. 예찬은 그때야 이상하다고 생각했다. 이 형은 무슨 일로 온 거지? 아…… 예찬은 질문을 떠올리는 것과 동시에 답을 알게 됐다.

예찬은 허둥지둥 달려서 집으로 돌아갔다. 땀을 뻘뻘 흘렸으나 씻을 정신도 없이 책상 의자에 털썩 앉았다. 책상 앞에 큰 창문이 있었다. 창문은 열려 있었고 창밖은 세탁실로 사용하는 뒤 베란다였다. 예찬은 빨랫줄에 걸린 학교 체육복과 아버지의 트렁크 팬티와 어머니의 잠옷 따위를 봤다. 낡은 옷가지들이 물기에 젖어 늘어진 모양이 자신의 처지와 비슷해 보여서 예찬은 창문을 닫고 침대에 누웠다. 방 안의 공기가 무겁게 느껴졌고 어둠이 진한 농도를 갖게 된 것 같았다. 오래된 책 냄새와 눅눅한 이불 냄새가 진하게 났다. 그런 것들이 자신의 기분과 아주 어울린다고 생각하면서 예찬은 눈을 질끈 감았다.

사랑이란 얼마나 험한 일일까?

예찬의 머릿속에 계속 떠오르는 건 무경과 황동수의 얼굴이었다. 예찬은 두려워졌다.

두렵다고?

설명하자면 황동수에 대한 것이 훨씬 쉬웠다. 그것은 일차원적이고 직선적인, 공포였다. 폭력에 대한 공포. 맞고 터져서 아프게 되는 것에 대한 공포. 나는 이제 동수 형과 사랑을 두고 다투게 되는 건가? 어떻게 내게 이런 일이. 하지만 더 괴로운 건 무경을 사랑하는 일 그 자체였다. 지리산에서 거절당했을 때는 괜찮았다. 두렵지 않았다. 나는 누나를 좋아하지만 누나는 그렇지 않은 일은 얼마든지 일어날 수 있고, 어쩌면 당연한 것이니까. 괜찮아. 난 괜찮아. 하지만 이제는 아니었다. 사랑을 자각한 순간부터 그 무엇도 예전과 같을 수 없었다. '내가 사랑을?' 하고 의심하던 마음은, '이게 사랑이 아니라면 대체 무엇이?'라고 확신하는 마음으로 바뀌었다. 예찬은 무경이 자신의 마음속에 들어와 사랑을 발명한 것 같다고 생각했다. 그러니 그 마음은 무경이 봐 주지 않으면 망가질 운명이었다. 누나가 나를 좋아하지 않으면, 불편해하면, 그래서 보지 않으려고 하면, 그건 재난이었다. 그러므로 무경에 대한 마음은 황동수를 두려워하는 것 따위와는 비교도 되지 않게 컸다. 그렇게 생각하니 예찬은 조금 강해진 것 같았고, 또 그만큼 무력해지는 것을 느꼈다.

황동수의 밤도 아주 길었다.

무경을 만나면 모든 것이 제자리로 돌아갈 줄 알았다. 하지만 그렇게 되지 않았다. 무경의 얼굴을 보니 바이킹을 탔을 때처럼 아랫배에서 뭐가 훅 빠져나가는 느낌이 들었다. 푹 젖은 무경이 가까이 오자 비릿한 물 내음이 났다. 황동수는 지리산의 폭우 속에서 서로의 몸을 안았던 순간을 떠올렸다.

무경이 사는 골목에서 나온 뒤 황동수의 심장은 빠르게 뛰었다. 가슴 어딘가에 구멍이 뚫린 것처럼 허전했다. 맥주를 한 캔 사서 단숨에 들이켰다. 평소 같았으면 기별도 가지 않았을 양인데 얼굴이 달아오르고 가슴이 쿵쾅거렸다. 황동수는 오토바이에 걸터앉아 담배 세 대를 연달아 피웠다. 몽롱해지는 머릿속에 무경의 모습이 어지러이 지나갔다. 가로등 불빛을 받아 주황빛이 나던 목선, 굵고 동그란 무릎, 물기에 젖어 빛이 나던 팔뚝…… 그것들이 몽타주가 되고 한 번도 본 적 없던 무경의 웃는 얼굴까지 나타났을 때 황동수는 눈을 번쩍 뜨고 전화기를 꺼냈다. 다급하게 보낸 메시지의 수신자는 서연이었다.

그 밤, 서연도 잠을 이루지 못하고 있었다.

황동수를 마지막으로 봤던 날 이후로 제대로 잔 적이 없었기에 긴 밤잠이 정말 간절했다. 낮에 아무리 졸려도 쪽잠을 자지 않았고 저녁에는 생채소를 많이 먹었다. 운동장 다섯 바퀴를 달리고 줄넘기 300개도 했다. 우유를 데워 마시고 미지근한 물로 샤워한 다음 새로 꺼낸 이불을 덮었다. 그럼에도 잠은 오지 않았다. 안 본다. 안 볼 거야. 휴대폰 열어 보지 않을 거야. 시험 전날에 밤을 새우던 때와 비슷한 의지로 버티면서 눈을 꼭 감았다. 간신히 잠이 들려던 찰나, 휴대 전화의 메시지 알림 음이 울렸다. 서연은 자기도 모르게 몸을 일으켜 전화기를 열었다. 메시지를 읽고 나서는 바닥에 주저앉아 울었다. 눈물이 앞을 가린다는 말이 실제로 가능한 것임을 서연은 알게 되었다. 서연은 얼굴을 타고 흐르는 눈물이 자기 것 같지 않았다.

그래. 알겠어. 알겠다고.

황동수를 좋아하는 것도 맞고 보고 싶었던 것도 맞고 이대로 끝일까 봐 무서웠던 것도 맞고, 다 맞다. 서연은 버튼을 꾹꾹 눌러 답을 보냈다.

10분 뒤에 나갈게.

그러나 상황은 만만치가 않았다. 시간은 밤 11시. 부모님이 안방에 들어갔을 시간이긴 했지만 잠을 자고 있으리라는 확신이 없었다. 아무리 짧게 잡아도 30분은 더 있어야 들키지 않고 밖으로 나갈 텐데. 그러나 황동수가 10분 이상 기다려 줄 것 같지 않았다. 고민하는 사이 2분이 흘렀다. 서연은 일단 문고리를 잡았다. 이것을 돌려서 문을 열면 그다음엔 무엇을 해야 하나. 거실을 지나 신발을 신고 현관문을 열고 나간다. 아주 단순한 일이었지만 서연은 망설였다. 몰래 해야 하는 일이었기 때문이다. 서연은 살면서 그런 걸 해 본 적이 없었다. 언제나 당당할 수 있도록 행동했고 그게 가능한 위치에서 살았다. 하지만 이번 문제는 그렇게 해결할 수 없을 것이었다.

고민하는 사이 또 2분이 흘렀다. 서연은 숨을 들이마시고 천천히 문을 열었다. 거실은 어두웠다. 까치발을 하고 조심스레 밖으로 나갔다. 문 닫힌 안방에서 TV 소리가 났다. 사람들이 웃는 소리가 들렸는데 부모님의 웃음소리는 들리지 않았다. 서연은 조금 더 과감해지기로 했다. 냉장고 문이 저절로 닫힐 만큼만 열고 단숨에 현관까지 달려간 후 신발을 손에 들었다. 잠금장치를 풀고 냉장고가 닫히는 순간에 맞춰 현관문을 닫았다. 손에 땀이 흥건했고 얼굴에서 열이 났다. 방에서 나와 집 밖으로 나오기까지 한 번도 숨을 쉬지 않은 것 같았다. 숨을 뱉고 싶었지만 한 번 더 참고 계단을 한 층 내려간 다음에야 길게 숨을 뱉었다. 남은 시간은 1분. 서연은 계단을 두 개씩 뛰어 내려갔다. 1층에 도착한 뒤 문 밖으로 나갈 때는 최대한 태연한 척을 했다. 잠옷 차림에 신발은 손에 들고 머리는 산발이 된 서연의 모습은 평소의 단정함과 거리가 멀었다. 그 모습을 본 황동수가 소리 내어 웃었다. 애정이 담긴 웃음이 아니라 정말로 우스워서 웃은 거였다. 그런데도 서연은 황동수가 웃는다는 것에 안심을 했고 그래서 또 눈물이 났다.

"우냐?"

황동수가 서연에게 물었다. 보면 몰라? 너 정말 나한테 왜 이래! 쏘아붙일 말이 떠올랐지만 서연은 말없이 황동수의 품

속으로 들어갔다. 알코올과 담배와 땀 냄새가 뒤섞인 황동수의 체취를 서연은 깊이 들이마셨다.

서연이 집에 돌아간 건 동이 틀 즈음이었다. 현관문을 열고 뚜벅뚜벅 걸어서 방으로 갔다. 조금도 조심하지 않았다. 엄마나 아빠가 방에서 나온다면 간밤에 무슨 일이 있었는지 말하고 싶기도 했다. 절대로 그럴 수 없겠지만 그렇게 하면 조금이라도 이해가 될 것 같았다. 내가 무슨 일을 한 것인가. 내게 무엇이 지나간 것인가. 잘못하지 않았으나 잘못된 기분이었다. 침대에 가만히 누워 있으니 아랫도리에 욱신거리는 통증이 간헐적으로 왔다. 그 순간에 서연이 자신에 대해 설명할 수 있는 것은 그 통증뿐이었다.

그걸 하면,

될 줄 알았는데. 황동수와 정말 사랑을 할 수 있을 것 같았는데. 그래서 한 거였는데.

달라진 것은 아무것도 없었다. 서연을 집 앞에 내려 주고 황동수는 담배 연기를 길게 흘리며 갔다. 인사도 없이 가 버렸다. 한 번 돌아보지도 않았다. 서연은 멀어지는 황동수의 뒷모습을 떠올리며 눈물을 흘렸지만 밤에 그랬던 것처럼 엉엉 울지는 않았다.

"일어나야지?"

어머니가 서연을 깨우러 왔다. 서연은 눈을 비비는 척 눈물을 닦고 씻으러 갔다.

"얘, 방에서 왜 이렇게 퀴퀴한 냄새가 나니?"

어머니가 물었다.

"뭐가? 난 모르겠는데?"

서연은 아무렇지 않은 척 대답하고 욕실로 들어갔다. 이를 두 번 닦고 샴푸와 비누칠을 세 번씩 했다. 간간이 아랫배가 아파 왔다. 괜찮아. 괜찮아질 거야. 서연은 울지 않기 위해 눈을 꾹 감고 몸의 구석구석을 씻었다.

꼬리와 파도

1

무경이 현정의 방을 노크하고 현정이 문을 활짝 열어 준 뒤로 두 사람은 이야기도 하고 빵도 나눠 먹는 사이가 되었다. 토요일 밤이 되면 무경이 현정의 방으로 갔다. 현정은 쟁반에 빵을 소담하게 쌓아 놓았다. 소보로빵, 단팥빵, 피자빵…… 어떤 빵이든 아주 맛있었다. 배가 볼록 나올 만큼 빵을 먹으면서 두 사람은 라디오를 들었다. 시간은 금세 새벽을 향해 흘렀다. 그리고 라디오에서 헤비메탈이 나오던 밤.

"나는 이런 걸 들으면 좀 이상해진다?"

현정의 목소리가 미세하게 들떴다.

"이상해진다고?"

무경이 물었다.

"뭔가…… 단전이 뜨거워지는 기분?"

현정은 정말로 배 속이 간질간질한 걸 느꼈다. 깊은 곳에 있는 이야기를 꺼내 놓고 싶어졌다. 그 이야기들은 누구에게도 해 본 적 없는 것들이었다. 기회가 없어서이기도 했지만 하고 싶지 않아서이기도 했다. 그런데 왜 지금은 하고 싶지? 현정은 모로 누운 자세에서 팔을 괴어 고개를 받쳤다. 무경이 현정을 봤고 현정이 이야기를 시작했다. 현정이 하는 이야기가 노래의 리듬과 비피엠에 전혀 어울리지 않아서 무경은 더 집중하게 되었다. 듣다 보니 노래와 잘 어울리는 이야기 같기도 했다. 현정에게 다가가서 토닥이기라도 해야 하나 생각했지만 그런 용기는 나지 않아서 가만히 들었다. 어둠 속이어서 현정이 숨을 길게 쉬면 웃는 건지 우는 건지 헷갈렸다.

현정은 무경에게 1년 전에 있었던 일을 이야기했다. 같은 반 친구였던 미란과 자신에게 일어난 일이었다.

K 여자 고등학교는 멀리서 보면 특별할 것 없는 학교였다. 평균 정도의 학력과 평범한 목표를 가진 여학생들이 모여 서

로를 좋아하고 미워하고 응원하고 시기하고 사랑하고 또 사랑하며 3년 동안 조금씩 달라진 뒤에 그 시간들을 기억이나 추억이라 부르며 떠나면 비슷한 아이들이 다시 그 자리를 채우는, 여자아이들의 학교였다. 하지만 교문을 지나서 운동장을 가로질러 학교 건물 안으로 들어오면 묘한 공기가 흘렀다. 그것은 정말로 묘해서 예민한 아이들에게 감지되었고, 어떤 아이들은 때때로 소름이 돋기도 했다. 그런 아이들 중에는 현정도 있었다.

미란과 현정의 이야기에서 가장 중요하고 나쁜 인물은 심기태였다. 물리 교사였던 그는 수업을 하지 않기로 유명했다. 50분 중에 10분이라도 진도를 나가면 다행이었다. 거의 모든 시간을 이상하고 너저분한 잡담을 늘어놓는 데 썼다. 그는 자기 자신을 미친놈이라 했다. 그리고 수업을 들어가는 반마다 자신의 '딸'을 하나씩 정해서 유일한 수업 자료이자 체벌 도구인 당구 큐대를 옮기게 했다. 교과서조차 가지고 다니지 않았던 심기태는 진도를 나갈 마음이 생기면 그 교실에 있는 딸의 교과서를 휙 빼앗았다. 너 같은 건 공부 안 해도 된다. 남자 잘 만날 궁리나 해라. 이런 말을 하면서.

심기태가 선택한 아이들은 학급에서 오락부장 같은 걸 맡는 유쾌한 성향의 학생이었고 그중에는 미란도 있었다. 그 아이들이 그의 말에 어떤 식으로든 반응을 해 준 덕분에 수업 시간은 때때로 쾌활해졌다. 그래서였는지 심기태에 대한 평판은 그가 일삼는 언행에 비하면 아주 나쁘진 않았다. 어차피 물리는 어렵고 재미없으니까, 그냥 웃고 떠드는 시간이 되는 것도 나쁘지 않지, 그렇게 생각하는 학생들이 꽤 있었다. 심기태의 타깃이 되는 아이들은 소수였고, 그 아이들의 기분은 공유되지 않았다. 그리하여 점심시간이면 손거울로 운동장에 있는 애들을 비추며 클클클 웃던 심기태는 '괴짜 선생'의 이미지를 유지했다. 현정은 이해할 수 없었다. 인성도 실력도 바닥인 심기태가 어째서 교사로서 학교에 붙어 있는지 납득이 되지 않았다. 아이들이 심기태의 수업 시간에 웃을 때 현정은 웃지 않았다. 재밌지 않고 불편했다. 아이들이 마냥 좋아서 웃는 게 아니란 건 알았다. 웃어 줘야 끝나는 농담도 있으니까. 하지만 현정은 심기태가 정말로 싫었고 그가 헛소리를 지껄일 때 뚫어져라 노려보는 것으로 자신의 기분을 드러냈다.

현정이 문단속 당번을 하고 교실에서 가장 늦게 나왔던 날, 미란은 복도에서 현정을 기다렸다. 심기태의 말에 단 한 번도 웃지 않은 사람이 현정이라는 걸 미란이 알고 있었기 때문이다. 어둠 속에서 들려온 미란의 목소리에 깜짝 놀란 현정은 미란의 얼굴을 가까이에서 보고 또 한 번 놀랐다. 미란이 울고 있어서였다.

"나 콱 죽어 버릴까?"

캔커피를 손에 꼭 쥔 미란이 그렇게 말했을 때, 현정은 비유적인 의미로 그 말을 이해했다. 죽을 만큼 속상하다는 뜻이지? 그래. 그럴 만해. 수련회 장기 자랑 시간에 탱크톱을 입고 춤을 추던 네가, 여학교라서 힙합 동아리를 만들면 안 된다는 게 말이 되냐며 열을 내던 네가, 하루가 멀다 하고 지저분한 농담의 대상이 되는 게 힘들지 않았을 리 없지. 그러나 미란의 이야기를 계속 듣다 보니 죽고 싶다는 말이 비유가 아닐 수도 있겠다는 생각이 들었다. 심기태가 미란에게 한 행동들은 듣는 것만으로도 메스껍고 소름 끼쳤다. 그중에서 가장 최근의 일은 정말, 입에 담기 힘든 수준이었다. 미란은 자신이 당한 일들을 다 이야기하고 한숨을 푹 쉬면서 고개를 떨어뜨렸다. 그 모습이 뭔가를 뉘우치는 것 같아 보여서 현정의 마음은 더 심란해졌다.

"고개 들어. 죄지은 사람처럼 왜 그래."

미란이 고개를 들었다. 눈이 빨갰다.

"어쩌면 다 내 탓인 거 아닐까? 내가 모범생이 아닌 것도 맞고 공부도 잘 못하니까……."

현정은 울컥했다.

"난 그렇게 생각하지 않아. 대체 네가 창녀라는 소리를 왜 들어야 해?"

"그럼 왜지? 나한테 왜 그런 거야? 내가 정말로…… 여지를 준 걸까?"

"아니야."

"그럼? 내가 만만하니까?"

"그것도 아니야."

"그럼 왜……."

미란은 흐느꼈다. 현정은 미란에게 답다운 답을 해 주고 싶었다. 정말 도움이 될 만한 힘이 센 말을 해 주고 싶었다. 하지만 그럴 수가 없었다. 미란에게 왜 그런 일이 생긴 건지 현정 역시 알 수 없었기 때문이다. 현정은 말을 하는 대신 어깨를 토닥였다. 현정이 하기엔 아주 어색한 일이어서 가까운 쪽 손만 올려서 다독다독 두드렸다. 미란은 현정의 손을 붙들고 더 크게 울었다. 집으로 가기 전에 미란은 퉁퉁 부은 얼굴로 고맙다고 했다.

고맙다고.

그 말이 계속 귓전에 맴돌았다. 그럴 상황이 아니라고 생각하면서도 마음이 부풀었고 미란에게 해 주었어야 했던 말들이 머릿속에 쏟아졌다.

미란아.

네가 나쁜 학생이어서도 아니고 우스운 사람이어서도 아니야. 그냥 재수가 없었던 거야. 재수 없는 일은 갑자기, 아무에게나 일어나잖아. 그러니까 내 말은, 네 잘못이 아니라고. 나쁜 건, 나쁜 재수를 몰고 온 그 새끼라고.

현정은 미란을 돕고 싶었다. 구체적이고 실제적으로. 말을 하면 할수록 작게 움츠러들던 미란의 모습이 자꾸 떠올랐다. 누구한테 말을 하면 좀 나아질 줄 알았는데…… 말끝을 흐리던 미란이었다. 그런 일도 있지. 털어놓으면 좀 가벼워지는 일도 있지. 하지만 너에게 일어난 일은 그런 일이 아닌 거지. 현정은 책상 스탠드만 켜 놓고 손톱 끝을 깨물며 한참을 앉아 있었다. 불빛이 벽면에 희고 동그란 빛 그림자를 만들었다. 우연하게 만들어진 완벽한 형태의 원을 현정은 오래 보았다. 그리고,

달력을 찢은 다음 뒷면에 검은색과 빨간색 유성 매직으로 글을 써 내려갔다.

현정이 힘주어 쓴 대자보들은 조회 시간이 되기도 전에 모조리 뜯겼다. 그래도 이미 많은 학생들이 읽은 뒤였다. 현정

은 일단 그것으로 됐다고 생각했다. 적어도 심기태가 미란을 건드리는 일은 막을 수 있을 것 같아서였다. 하지만 뜻밖의 일이 일어났다. 야간 자율 학습 쉬는 시간에 미란이 현정에게 주고 간 쪽지에는 이렇게 적혀 있었다.

왜 시키지도 않은 짓을 해.

미란이 왜 그렇게 반응했는지 현정은 다음 날에 바로 알게 되었다. 학교는 대자보에 적힌 일의 사실을 확인한다는 이유로 피해 학생을 찾으려 했다. '색출'이라는 표현을 썼고 교사들은 불편한 기색을 마구 드러냈다. 교사들이 그런 태도를 보이자 아이들도 그 문제를 가십거리로 대했다. 피해자가 누구일까 궁금해하면서 추측을 주고받았다. 오후 수업은 자습 시간이 되었고 열 명 남짓의 아이들이 교무실로 불려 갔다. 아이들 사이에서는 이미 미란의 이름이 가장 많이 오르내리고 있었다. 교무실에 갔던 아이들이 어떤 일을 겪었고 무슨 말을 들었는지 자세히 알려지지 않았지만 현정이 듣기에 하나같이 흉흉한 말들뿐이었다. 그리고 미란은 교실로 돌아오지 않았다. 그다음 날도 마찬가지였다. 수업에 들어온 심기태는 한 시간 내내 말없이 운동장만 바라보고 서 있다가 종료 종이 울리기 직전에 한마디 했다.

"오해가 있었던 것 같은데, 어쨌든 미안하게 됐다."

평상시와 달리 방어적이고 건조한 목소리였다. 저게 사과야? 현정은 자리에서 일어나 따지고 싶었지만 더는 일을 크게 만들 용기가 나지 않았다.

현정과 미란의 담임이자 미술 교사였던 최아라는 반쯤 찢긴 채 교무실 휴지통에 처박힌 대자보의 필체를 보고 현정의 얼굴을 떠올렸다. 초임 교사였던 최아라는 예기치 못한 사건 앞에서 어떻게 해야 하나 고민했다. 대자보를 익명으로 쓴 데는 이유가 있을 것이므로 섣불리 현정을 부를 수는 없었다. 그사이에 하루가 지났고 학교 차원에서의 조치가 시작됐다. 그때까지도 최아라는 학교와 동료 교사들이 올바른 방식으로 일을 처리할 거라고 믿었다. 적어도 아이들 보기에 부끄럽지 않게는 해 줄 거라 생각했다. 자신의 학창 시절에 비하면 학교가 조금은 나아졌을 거라 기대했다. 최아라는 교직원의 한 사람으로서 적극적으로 도울 작정이었다. 하지만 미란이 피해자임이 밝혀지는 과정과 그 뒤에 이어진 미란에 대한 교사들의 훈계와 회유를 지켜보면서 모든 기대를 접게 되었다. 미란의 결석이 사흘째가 되었을 때 최아라는 현정과 이야기를 해 보기로 했다. 현정의 이야기를 들은 최아라는 반드시 이 아이들의 편에 서서 도와야 한다고 생각했다. 최아라가 선택한 것은 교육청으로 직접 탄원을 올리는 것이었다. 학교가 무서워서 숨은 미란이 피해자가 아니라 생존자가 될 수 있도록 하기 위해서, 미란이 현정을 원망하는 일을 막기 위해서, 최아라는 현정의 동의를 구해 진술서를 첨부한 탄원서를 냈다. 그러나 그 일의 결과는 최아라의 의도대로 흘러가지 않았다. 교육청은 교장에게 탄원의 내용을 흘려 주었고 일을 키울 것인지 덮을 것인지 결정할 수 있도록 해 주었다. 최아라와 현정은 교장실로 호출되었다. 두 사람이 교장실에서 나오기도 전에 학교의 모든 사람들이 그들이 한 일을 알게 됐다. 최아라는 그날 현정에게 고개를 숙여 사과했고 현정도 마주 고개를 숙였다. 현정은 울면서 생각했다. 왜 우리가 서로에게 미안해야 하는 거지? 대체 왜.

상황은 나빠지기만 했다. 미란의 결석이 길어지자 여론은 미란에게 불리하게 흐르기 시작했다. 과연 기태 쌤만 잘못한 걸까? 그런 의심이 한번 시작되자 미란의 억울함을 믿어주던 아이들조차 조금씩 흔들렸다. 그리고 그즈음 심기태가 출근을 하지 않았다. 6개월간의 휴직이었으나 아이들에게는 직무 정지로 소문이 났다. 휴직 기간이 끝나면 같은 재단의 중학교에 다시 복직할 예정이었으나 학생들은 자세한 내

막을 알지 못했다. 심기태가 완전히 잘린 줄로 알고 있는 학생들도 있었다. 다른 교사들은 그런 오해를 굳이 바로잡지 않았다.

"확실한 것도 아닌데 너무 심한 거 아냐?"

"경찰도 별일 아니라 했다던데?"

어디에서 누가 그런 말을 했는지 몰라도 많은 아이들이 호응을 했다. 심기태가 딱하다고 말하는 교사들의 목소리가 하나둘 늘었다. 결국 비난의 화살은 처음 사건을 폭로한 현정에게 향했다. 학교의 평판에 먹칠을 한 배신자. 너 같은 애가 학교 이미지를 망치는 거야. 그런 내용이 한데 뭉쳐진 글이 대자보가 되어 붙었다. 대자보는 많은 학생들이 보는 앞에서 현정이 직접 떼어 내기 전까지 온전히 잘 붙어 있었다. 현정은 다른 사람들과의 비난과 별개로 스스로를 책망했다. 숨어서 살자. 존재를 지우자. 다짐했다. 미란은 일주일 뒤 인사도 없이 전학을 갔다.

현정이 이야기를 끝맺은 뒤 침묵이 찾아왔고 메탈 노래들도 끝이 났다. 그리고 「날아라 병아리」가 나왔다. 무경은 현정이 얕게 울고 있다는 걸 알았다. 몸을 일으켜 현정의 곁에 앉았고 조심스레 손을 포개어 봤다. 하지만 손이 있다고 생각한 곳에 손은 없었고 만져지는 건 현정의 배였다. 현정이 픕,

웃었다.

"할머니야? 약손 해 주게?"

무경도 같이 웃었다. 현정의 배를 느리게 문지르며 말했다.

"나도 친구 이야기 해 줄게."

2

일주일이 지난 뒤, 토요일 수업이 끝나자마자 무경은 시외버스를 탔다. 전날 밤 현정에게서 받은 응원의 슈크림빵을 먹으며 지선을 만나러 갔다. 슈크림이 꾸덕꾸덕하고 달아서 걱정이 조금은 가라앉았다.

그러나 지선은 집에 없었다. 일하러 갔나? 무경은 문 앞에 앉아서 지선을 기다렸다. 해가 졌고 달은 보이지 않았다. 무경은 초조한 마음으로 여러 번 지상과 반지하를 오르내렸다. 차가운 밤공기를 이기기가 힘들었던 무경은 주머니에서 열쇠를 꺼내 문을 열었다. 자정이 넘도록 지선은 오지 않았다. 밤이 깊어 가면서 방도 추워졌다. 꽉 닫히지 않는 창문 사이의 틈으로 한기가 계속 들었다. 얘는 매일 이러고 잔 거야? 무경은 속상한 마음에 창문의 아귀를 맞춰 보려 했지만 아무리

해도 되지 않았다. 빨래 건조대에 걸린 지선의 트레이닝복 윗도리를 걸치고 밤을 지새웠다. 혹시나 지선이 올까 봐 눈을 뜨고 있으려 했다. 집을 비운 지 며칠이 됐는지 몰라도 돌아오는 건 한순간일 테니까. 하지만 해가 떠도 지선은 나타나지 않았다. 새벽빛에 선잠을 깬 무경은 혹시나 하는 마음에 집 안을 둘러봤지만 지선이 다녀간 흔적은 없었다. 신고를 해야 하는 걸까? 그게 맞는 행동인지 확신이 들지 않았다. 지선이 아버지에게 또 끌려가면? 아니 벌써 그렇게 된 건 아닐까? 그 생각은 무경의 머릿속에 끔찍한 상상을 풀어놓았다. 무경은 어금니를 꽉 물고 떠오르는 장면들을 떨쳐 버리려고 했다. 다리가 후들거리고 허리가 뻐근해졌다. 눈을 감고 심호흡을 했다. 그러다가 아, 누군가의 얼굴이 떠올랐다. 무경은 계단을 뛰어 올라갔다.

무경은 지선이 일한다고 했던 미용실에 갔다. 이한나라면 지선의 행방을 알고 있지 않을까 해서였다. 자존심이 상했지만 그런 건 중요한 게 아니었다. 미용실이 제법 넓었는데도 이한나는 무경을 바로 알아봤다. 이한나는 빠른 걸음으로 무경에게 다가왔다.

"진짜 왔네."

이한나는 감탄하는 투로 말했다.

"근데 내가 지금 바쁘거든. 1층에 헌책방 있어. 거기서 좀 기다릴래?"

이한나는 다시 일을 하러 갔다. 무경은 헌책방에 갔다. 가게는 작은데 책이 워낙 많아서 오래 머물 곳은 아닌 것 같았다. 책장에 오래된 책들이 빼곡했고 바닥에는 노끈으로 묶어 놓은 참고서들이 쌓여 있었다. 주인은 돋보기를 들고 아주 두꺼운 책을 보고 있었다. 무경은 책을 한 권 골랐다. 『하늘과 바람과 별과 시』였다. 저자 자리에 아는 이름이 적혀 있어서였고 제일 얇아서였다. 책을 들고 주인에게 갔다.

"이거 주세요."

주인이 돋보기를 내려놓고 무경과 책을 번갈아 봤다.

"이천 원."

무경이 돈을 냈다. 책은 무경의 것이 되었고 그걸로 거래는 끝. 그런데도 무경이 나가지 않고 서 있으니까 주인이 물었다.

"왜? 더 찾는 책 있어?"

"그게 아니라요."

"……?"

"저 여기서 책 봐도 돼요?"

"여기서?"

"네."

"여기 어디? 의자도 없는데."

그건 그렇지만 누구를 좀 기다려야 하는데 여기 있으라고 했거든요, 라는 말은 너무 복잡한 것 같아서 무경은 그대로 있었다.

"여기 앉을래?"

주인이 발밑에서 목욕탕 의자를 꺼냈다. 그런 게 왜 책방에 있는지 몰라도 무경은 얼른 받아 들었다. 얼마 동안을 기다려야 하는지 모르니 일단 시집을 읽기 시작했다. 읽어 본 적 있는 시도 있었지만 대부분 처음 보는 시였다. 읽는 도중에 깜빡 졸았고 주인이 부르는 소리에 깼다. 이한나는 아직이었다. 주인은 무경에게 자신이 보던 책을 보여 줬다. 전화번호부였다.

"얘, 여기 김민수 씨가 몇 명인지 좀 세어 봐라. 왜 셀 때마다 달라지는지 모르겠네."

무경은 352페이지 끝부분과 353페이지 시작 부분에 걸쳐 있는 김민수들을 셌다. 21명이었다.

"그럴 리가 없는데?"

주인은 19명 아니면 20명이었다고 했다. 그러고는 머리를 긁적이며 다시 세기 시작했다.

"어? 21명 맞네?"

주인이 허허 웃으며 무경을 봤다. 무경은 졸기 전에 본 시가 마음에 들었다는 게 기억났고 사람의 웃는 얼굴까지 보니까 기분이 좋아졌다. 몸에 긴장이 풀리는 것 같아서 정말로 목욕탕에 와 있는 것 같았다. 그리고 그때 이한나가 서점에 들어왔다.

"안녕하세요, 아저씨?"

주인에게 인사를 건넨 이한나는 어어, 대답하는 주인에게 하나, 엉거주춤 일어선 무경에게도 하나, 요구르트를 줬다. 빨대도 꽂아 줬다. 그런 다음 자기 몫의 요구르트에도 빨대를 꽂고 단숨에 쪽 빨아올렸다. 주인은 다른 페이지를 펼쳐 놓고 다른 이름의 수를 세기 시작했다.

"지선이가 너 올 거라고 하긴 했는데 설마설마했지. 그런데 진짜로 왔잖아?"

이한나는 지선이 맡기고 간 이야기를 무경에게 들려주었다. 무경은 헌책들과 햇살과 먼지 속에 서서 이한나의 이야기를 잠자코 다 들었다. 지선은 어디가 아픈 것도 아니었고 말없이 사라진 것도 아니었고 집에 끌려간 것도 아니었다. 여행을 갔다고 했다.

"여기서 다시 일을 하긴 어렵겠지만."

이한나는 눈썹을 위로 올려 2층을 가리켰다.

"뭐, 돌아오면 일은 그만할 거라고 했어."

"그럼 뭘 할 거래요?"

이한나는 무경의 물음에 대답을 고르는 표정을 지었다가,

"그건 직접 듣는 게 좋을 것 같아."

말하고선 웃었다. 무경은 어쩐지 마음이 놓였다. 그리고,

"고마워요."

이한나에게 말했다. 또,

"그땐 미안했어요."

라고도 말했다. 내가 이런 말을? 그런데 생각보단 어렵지 않네. 이한나는 무경의 눈을 가만히 봤다. 그리고 말했다.

"지선이 강한 애야."

이한나가 무경의 손에 편지 봉투를 쥐여 주며 말했다. 지선이 무경에게 남긴 것이었다.

"……."

"나도 처음엔 오해했던 것 같아. 아픈 사연이 있는 애니까 약할 거라고, 줄곧 무너져 있을 애라고 생각했거든. 그런데 아니었어. 필요한 건 아파할 시간이었던 것 같아. 지선이는 그 시간을 어떻게든 보냈어. 물론 너도 많이 애썼겠지. 그게

지선이에게 틀림없이 힘이 되었을 거라고 생각해. 그때 너 다녀간 뒤로 지선이 많이 노력했어. 너한테 당당히 연락할 거라면서 담배도 끊었고. 덕분에 나도 끊었지 뭐니?"

"거참 잘됐네."

책방 주인이 이한나의 마지막 말에 덧붙였다.

"아저씨가 지선이 엄청 예뻐하거든."

이한나가 웃었고 무경도 웃었다. 지선의 가까이에 다정한 사람들이 있었구나. 무경은 생각했다.

"다음에 또 와."

이한나가 말했다.

"그래. 또 와."

주인도 말했다. 무경은 그 말이 좋았다.

곱씹을수록 좋았다. 다음에 또 오라고. 그렇게 말할 수 있으려면 '다음'이라는 시간에 대한 확신이 있어야 할 테니까. 그 확신이 무경의 마음을 조금 편안하게 해 주었다. 그리고 지선을 생각했다. 편지 속에서 지선은 자신의 방식대로 일어서고 있었다. 꾹꾹 눌러쓴 글씨에서 지선이 손으로 땅을 짚고 무릎과 허벅지에 힘을 주어 몸을 일으키는 모습이 그려졌다. 여행을 끝낸 지선이 어떤 얼굴일지 무경은 궁금했다. 그때의 나는 어떤 얼굴일까? 좋은 얼굴이었으면 좋겠다. 그렇게 되려면……. 무경은 그런 이야기를 현정과 나누고 싶어서 발걸음을 재촉해 집으로 돌아갔다. 현정의 방에는 불이 켜져 있었다. 무경은 얼른 자기 방으로 들어가 가방을 풀고 옷을 갈아입었다. 그리고 티셔츠에 머리를 집어넣었을 때, 벽에 뭔가가 빠르게 지나가는 게 느껴졌다. 무경은 그 자세 그대로 멈췄고 이상한 기척이 났던 비키니 옷장 쪽을 뚫어져라 봤다. 잠시 뒤에 옷장이 닿아 있는 벽면에서 길고 시커먼 것이 기어 나왔다. 그것은 엄청나게 긴 지네였다.

"으악!"

무경의 비명 소리를 듣고 현정이 달려왔다. 손에 프라이팬을 들고 왔는데 도움이 되는 물건은 아니었다. 지네를 프라이팬으로 내리칠 담력은 현정에게도 없었다. 지네는 벽에 딱 붙은 채로 옴짝달싹하지 않았다.

"어…… 어떡하지?"

현정이 무경에게 물었다. 무경은 하얗게 질려 말도 못 했다. 무경이 침을 삼키는 소리가 크게 났다. 심호흡을 한 현정이 손바닥이 하얘지도록 프라이팬을 꼭 쥐고 천천히 지네 쪽으로 갔다. 꽤 가까운 거리까지 갔고 이제 휘두르려고 팔을 들었을 때,

"하지 마!"

무경이 현정을 붙들었다. 무경의 손이 부들부들 떨렸고 그 바람에 현정의 몸도 떨렸다. 소동을 눈치챘는지 지네가 다시 숨었다. 무경은 그날 현정의 방에서 잤다. 예찬이 꿈에 나온 건 그날 밤부터였다.

다음 날 아침에 무경이 집주인에게 연락을 했지만 서울에 볼 일이 있어서 나와 있으니 닷새 뒤에 보자는 대답이 돌아왔다. 그래서 무경과 현정은 닷새 더 같이 잤다. 무경은 꿈을 꿀 때도 있었고 아닐 때도 있었지만 꾸게 되면 예찬을 보았다. 꿈속의 예찬은 자꾸 울었다. 닷새가 지난 뒤에 주인이 다른 사람 한 명을 데리고 왔다. 농약 통 같은 걸 등에 멘 아저씨였다. 그가 방에 들어가서 뭔가를 칙칙 뿌리고 바퀴벌레약을 놓았다.

"도배를 새로 해야 하는 거 아닐까요?"

현정이 물었다.

"네 방에도 지네 있냐?"

집주인이 되물었다. 현정이 아니라고 하니까 근데 왜 그래, 하고 그냥 갔다. 현정이 작은 목소리로 욕을 했고 무경도 따라 했다. 무경은 방으로 돌아가긴 했지만 왠지 불안해서 화장실 불을 켜 놓고 잤다. 꿈에 예찬이 나와서 또 울었다. 어느 때보다 생생한 꿈이었다. 잠에서 깬 무경은 냉장고가 있는 벽면에 지네처럼 생긴 것이 붙어 있는 걸 봤다. 가까이서 보니 화장실의 주황색 불빛을 받은 전선들의 그림자였다. 이제 정말 없는 건가? 무경은 방의 불을 모조리 켜고 냉장고를 앞으로 밀어 놓은 다음 엉킨 전선들을 풀고 가지런히 꽂았다. 코드는 고작 세 개였는데 전선이 쓸데없이 길어서 시간이 꽤 걸렸다. 어쨌든 정리는 되었고 냉장고를 제자리에 밀어 놓았다. 침대로 돌아가야 했지만 냉장고와 벽 사이에서 눈을 뗄 수가 없었다. 그 어두운 틈에서 지네가 스멀스멀 기어 나올 것 같았다. 무경은 길게 한숨을 내쉬며 생각했다.

걔랑 이야기 좀 해야겠다.

3

예찬은 더 이상 체육관에 일찍 가지 않았다. 무경을 보면 마음이, 구체적으로는 가슴의 어느 부분이 아픈 것 같았다. 아픈 곳은 매일 바뀌었다. 무경은 먼저 말을 걸어 주지 않았다. 새로울 것도 없는 일이었지만 예찬은 외로워졌다. 기대와 두려움으로 매일 작아지던 예찬이었다. 무경과 잠시나마 이어져 있다고 믿었던 여름의 기억을 누군가 통째로 들고 달아난 것 같았다. 하지만 예찬이 체육관에 계속 나간 것은 그 기대와 두려움을 놓을 수 없었기 때문이다. 치러야 할 대가는 컸다.

예찬이 태권도를 시작한 지도 6개월이 지났고 자연스레 빨간 띠도 받았다. 검은 띠까지는 이제 한 단계만 남아 있었다. 그리고 그때부터 검은 띠들이 겨루기 연습을 할 때 예찬을 끼워 넣기 시작했다. 관장도 동의한 일이었다.

"그래. 이제 겨루기도 할 줄 알아야지."

예찬은 하고 싶지 않았다. 뭘 제대로 배운 덕분에 빨간 띠를 받은 게 아니었다. 시간만 흘렀지 특별히 잘하는 발차기가 있는 것도 아니었다. 그런데 유단자들과 겨루기를 해야 한다니. 겨루기도 태권도를 수련하는 방법의 하나임을 모르지 않았지만 적어도 이 체육관의 검은 띠들과는 하고 싶지 않았다. 멀리서 보면 공식적인 규칙을 적용한 1대 1의 대결이었지만 예찬이 체감하는 것은 달랐다. 그냥 제일 만만하고 약한 애를 데리고 놀고 싶어 하는, 짓궂고 저급한 장난에 불과했다. 검은 띠들은 체급도 맞춰 주지 않고 돌아가면서 예찬을 상대했다. 아주 긴 시간 느린 호흡으로 가하는 린치에 가까웠다. 검은 띠들은 장난스러운 태도로 대충 발을 뻗었다. 그렇게만 해도 예찬이 할 수 있는 게 없다는 사실을 즐기는 것이었다. 예찬은 굴욕감과 막막함을 느꼈다. 정해진 시합 시간이 끝나 갈 즈음이면 머리로 발차기가 날아왔다. 예찬이 막을 수 있는 수준의 공격이 아니었다. 맞을 때마다 새롭게 아팠다. 두개골이 텅 울리는 기분. 그 불쾌한 감각을 제대로 설명할 말을 찾을 수 없어서 예찬은 매일 외로웠다.

예찬은 아무래도 다 관두는 게 좋겠다고 생각했다. 사내자식이 끈기가 어쩌고 하는 아버지의 잔소리를 들을 생각에 머리가 지끈거렸지만 더 이상은 버틸 수 없었다. 키 185센티미터에 몸무게는 90킬로그램이 넘는 조경운과 겨루기를 한 날이었다. 예찬은 뒤돌려 차기를 맞고 2미터 정도 날아갔다. 철퍼덕 소리가 났고 검은 띠들이 웃음을 참으며 즐거워했다. 사과를 하러 온 조경운의 얼굴에는 미안한 기색이 전혀 없었다. 예찬에게 딱 하나 다행이었던 건 그날 무경이 체육관에 오지 않았다는 것뿐이었다.

시큰거리는 턱을 만지면서 집에 들어갔을 때 예찬의 부모는 또 다투고 있었다. 어머니가 목에 핏대를 세워 가며 아버지를 비난하는 말을 했고, 그 이상으로 비난하는 눈빛을 한 아버지가 벌게진 얼굴로 어머니를 쏘아보고 있었다. 그들은 예찬이 집에 들어온지도 모르고 서로를 향한 적의를 계속 드러냈다. 예찬은 신발을 벗고 식탁에 있는 주전자를 열어 보았다. 역시 물은 들어 있지 않았다. 짧게 한숨을 쉰 뒤 자신의 방으로 갔다. 부모는 싸움을 멈추지 않았다. 어머니가 움직인 건 예찬이 방문 손잡이를 잡았을 때였다.

"드러워서 내가 나간다. 나가 죽을란다."

안방 문이 거칠게 열리는 소리가 들렸다. 예찬이 고개를 돌려 어머니 쪽을 봤다. 어머니는 외투를 챙겨 방에서 나오고 있었고 아버지를 밀쳐 내고 현관으로 걸어갔다. 어머니의 뒷모습을 충혈된 눈으로 노려보던 아버지가 어머니를 쫓아갔다. 손은 어머니의 뒤통수를 향했다. 예찬은 그 순간 뭐라고 버럭, 한 번도 내 본 적이 없는 것 같은 큰 소리를 질렀다. 부모는 그때야 예찬을 보았다. 예찬은 자기도 모르게 소파에 올라가서 마구 뛰었다. 울지도 않고 그냥 뛰었다. 어쩌면 자신이 웃고 있을지도 모른다고 예찬은 생각했다. 놀란 부모의 얼굴에 경악하는 표정이 번질 때쯤 소파의 가운데가 움푹 내려앉았다. 예찬의 한쪽 발이 테이프가 붙어 있던 자리에 깊이 박혔다. 예찬이 발을 빼자 스프링에 긁힌 다리에서 피가 흘렀다. 예찬은 울지 않고 말했다. 이게 망가졌다고. 그렇게 된 지 오래되었다고. 아니, 그 말은 하지 않았는지도 몰랐다.

다음 날, 예찬의 앞으로 편지가 한 통 왔다. 종률이 보낸 것이었다. 예찬은 소파가 치워진 자리에 앉아서 편지 봉투를 뜯었다. 봉투에는 종이가 두 장 들어 있었다. 한 장은 종률의 근황이 담긴 편지였고 한 장은 종률이 그린 만화였다. 연필로만 그린 종률의 만화에는 사람이 나오지 않았고 바다와 구름이 나왔다. 바다가 말을 건네면 구름이 대답했다. 바다와 구름의 대화는 짧지만 다정했다. 바다가 구름의 안부를 물으면 구름이 바다의 안부를 되묻고, 서로가 있는 곳을 궁금해 했다. '얼마 후……'라고 불친절하게 생략된 시간이 흐른 뒤에 구름은 먹구름이 되었고 파도는 거세졌다. 구름이 비가 되어 바다에 퐁, 떨어지면서 만화는 끝이 났다. 예찬은 뒷면을 넘겨 보았으나 만화는 앞면의 여덟 컷으로 끝이었다. 예찬은 이야기가 거기서 끝난 것이 좋았다. '얼마 후'를 엄지손가락으로 덮었다가 다시 보고, 또 덮었다가 다시 보았다.

예찬의 가족은 전날 있었던 일을 말하지 않았다. 저녁을 다 먹은 다음에 예찬은 도복을 챙겨서 체육관에 갔고 조경운에게 겨루기를 청했다. 다들 놀란 표정을 짓는 가운데 황동수는 피식, 웃었다. 예찬은 잠시였지만 황동수를 똑바로 쳐다보았다. 황동수는 예찬의 시선을 알아채지 못했다. 예찬은 마음을 바꾸었다.

"아니, 저 동수 형이랑 할래요."

황동수가 예찬을 똑바로 쳐다보았다. 예찬도 똑같이 했다. 황동수는 또 한 번 피식 웃고 자리에서 일어났다. 황동수는 헤드기어도 하지 않고 슬렁슬렁 움직였지만 예찬은 전력을 다했다. 황동수가 조금이라도 발차기를 하려고 하면 뒤로 물러났다. 1라운드는 그렇게 지나갔다. 예찬은 생각했던 것보다도 실력 차이가 크게 난다는 것을 깨달았다. 2라운드가 시작되기 전에 예찬은 무경을 봤다. 미트 기계 앞에 서 있던 무경은 어깨를 털면서 상체의 긴장을 푼 다음 얼굴 높이까지 돌려 차기를 했다. 미트에서 경쾌한 소리가 났다.

2라운드가 시작되었고 예찬은 기습적으로 공격을 했다. 한 번도 도달해 본 적 없는 높이까지 발이 올라갔다. 무거운 가방을 내려놓은 것처럼 어깨에서 힘을 뺐더니 다리가 쭉 뻗어졌다. 누구도 가르쳐 준 적 없는 발차기가 황동수의 뺨에 닿았다. 툭, 아니 톡, 쳤다. 황동수에게는 조금의 충격도 주지 못할 약한 발차기였다. 그래도 예찬은 3점을 얻었다. 그것도 선취점으로. 황동수는 잠시 얼이 나간 표정을 했으나 금세 무자비하게 공격을 했다. 예찬은 13점을 뺏겼다. 여기저기 얻어맞아서 온몸이 쑤셨지만 케이오 패는 당하지 않았다.

예찬은 운동을 마친 뒤에 무경과 이야기하리라 마음먹었다. 잘 지내고 있냐 묻고, 나는 잘 지내지 못했지만 누나를 자주 생각하는 일로 버티고 있다고 말할 것이었다. 집에 있는 소파를 망가뜨렸더니 친구에게서 기다리던 편지가 왔다고, 그 이야기도 하고 싶었다. 예찬, 누나에게 가라. 종률의 목소리가 들리는 것 같았다. 먼저 1층으로 내려간 무경을 따라 계단을 성큼성큼 내려갔다. 하지만 문을 열고 밖으로 나간 순간 발걸음이 우뚝 얼었다.

무경이 그 앞에 있었다.

무경은 예찬을 향해 두 걸음을 걸어간 다음 말했다.

"너 왜 자꾸 내 꿈에 나오는 거야?"

예찬에게 물어본들 꿈에 관한 어떤 것도 들을 수 없다는 것을 무경도 모르지 않았다. 하지만 말은 해 봐야 했다. 얘가 자꾸 우니까. 울면서, 말 한마디 하지 않고, 왜 우니, 물어도 대답하지 않고 하염없이 울기만 하니까. 그런 꿈을 꾸고 나면 어쩔 수 없이 마음이 불편했고 그게 어쩌면 지네가 나오는 일과 관련이 있지 않을까 생각했다. 예찬은 무경이 상상했던 것보다 훨씬 더 복잡한 얼굴이었다. 무경의 입에서 저절로 말이 나왔다.

"나한테 하고 싶은 말이 있어?"

왜 없었겠냐고. 예찬은 고개를 크게 끄덕였다. 이야기는 예찬이 사는 연립 주택 놀이터 그네에 앉아서 했다. 무경이 사 준 칠성사이다를 조금씩 마시면서 예찬은 열심히 말했다. 무경을 보고 싶었다는 말은 끝의 끝으로 미루다가 결국 하지 못했지만 아쉽지 않았다. 중학생이 된 후로 가장 오랫동안 말을 한 것 같았다.

무경은 별다른 말없이 고개를 끄덕이거나 그네를 앞뒤로 흔들면서 예찬의 이야기를 들어 주었다. 그사이 놀이터 안은 이상하리만치 조용해져 있었고 녹이 슨 그넷줄이 삐걱거리는 소리만 났다. 무경은 예찬을 슬쩍 봤다. 예찬은 쓸쓸한 얼굴로 어딘가를 보고 있었다. 얘가 그새 좀 큰 것 같네. 무경은 생각했다. 그리고 입을 열었다.

"나한테는 무슨 일이 있었냐면."

예찬이 조금 놀란 얼굴로 무경을 봤고 무경은 사이다를 한 모금 마셨다. 입 안이 개운해졌고 어떤 이야기든 잘할 수 있을 것 같은 기분이 되었다.

4

무경과 예찬이 이야기를 나누는 동안 현정에게는 서연이 찾아왔다.

"나한테 좋지 않은 일이 일어났는데…… 그래서 도움이 필요한데…… 도와줄 사람이 너밖에 떠오르지 않아."

서연은 떨고 있었다. 현정은 갑자기 찾아온 서연에게 놀라면서도 문을 활짝 열었다.

"밥은 먹었어?"

현정이 물었다. 서연은 대답하지 않았다. 현정은 식은밥을 전자레인지에 데우고 레토르트 미역국을 끓였다. 밑반찬 몇 가지도 상에 올렸다. 서연은 젖은 수건처럼 바닥에 앉아 발끝만 내려다보았다. 현정이 뭘 하고 있는지 전혀 보이지 않는 것처럼.

현정은 서연과 자신 사이에 기억할 만한 일이 있었는지 떠올려 봤다. 2년째 같은 반이기는 했지만 딱히 떠오르는 것은 없었다. 그럼에도 부지런히 손을 놀려 단정한 밥상을 차렸고 그것을 서연의 앞에 놓아 주었다. 서연은 고개를 들어 현정을 봤다. 그러나 수저를 들지는 않았다. 현정은 떨어져 앉아서 빨래를 갰다. 티셔츠와 수건을 네모반듯하게 접고 양말과 속

옷을 동그랗게 말았다. 서연은 현정의 손이 리드미컬하게 움직이는 걸 가만히 보고 있다가 숟가락을 들었다. 공복이었으나 허기를 느끼고 있진 않았는데 국물 한입, 밥 한술을 떠 넣자 입맛이 돌았다. 서연은 열심히 먹었다. 맛이 아주 있지도 않지만 없지도 않은 따뜻한 음식들을 남기지 않고 다 먹었다. 현정은 서연을 보지 않으려고 애쓰면서 빨래를 개고 제자리에 가져다 놓는 일을 차근차근했다. 방 안에는 시곗바늘이 움직이는 소리만 났다. 그리고 현정이 다시 자리에 앉았을 때, 서연이 입을 열었다.

"잘 먹었어."

서연은 자신에게 일어났던 일들을 현정에게 말했다. 여러 이유로 이야기가 자주 끊겼는데 가장 문제가 된 것은 황동수에 관해 말하는 일이었다. 황동수를 지칭해야 할 때 서연은 여러 번 '남친'이라고 했다가 '아니, 전 남친.' 하고 고쳐 말했다. 몇 번을 그러면서도 이름을 말하지는 않았다.

"그 새끼라고 하면 어떨까?"

현정의 제안에 서연의 동공이 크게 열렸다. 그런 식으로 부르는 것은 생각해 본 적이 없어서였다. 적절하다고 생각했지만 말은 쉽사리 입 밖으로 나오지 않았고 계속해서 남친이,

아니 전 남친이를 되풀이했다. 서연이 그럴 때마다 현정은 그 새끼가, 그래 그 새끼가, 하고 추임새를 넣었다. 어느 시점부터 서연은 자신이 현정의 입에서 나오는 '그 새끼'에 의지해서 이야기를 이어 나가고 있음을 깨달았다. 그리고 가장 말하기 힘든 부분, 그러니까 정확히 일주일 전에 일어난 일에 대해 이야기하던 순간에는,

"세상에 나쁜 새끼들이 왜 이렇게 많지?"

탄식하듯 말하는 현정에게 마음을 맡기고 겨우 말을 마칠 수 있었다.

이야기를 끝낸 뒤에 서연은 현정의 표정을 살폈다. 말하는 데만 집중하느라 긴장했던 탓에 걱정이 뒤늦게 밀려왔다. 얘가 어떤 생각을 하는 걸까? 문득 미란의 얼굴이 떠올랐다. 겪어 보니까 알겠니? 도와줄 사람이 얼마나 소중한지? 그런데 넌 그때 어디 있었니? 미란이에게 도움이 필요했을 때, 다들 방치했을 때, 너도 똑같았잖아. 무관심했잖아. 서연은 현정에게서 이런 말을 듣게 될까 봐 두려워졌다. 서연의 고개가 다시 떨어졌고 현정이 말했다.

"그럼 이제 뭐부터 할까?"

서연은 잘못 들었나 싶어 현정을 쳐다봤다.

"도와 달라며. 도와줄게."

서연은 울음이 차올랐지만 울지 않았다. 눈물 한 방울이 똑 떨어지면 못 참고 와르르 울게 될 것 같았다. 하지만 똑, 하기 직전에 어디선가 퉁, 하는 소리가 들렸다. 102호의 문이 닫히는 소리였다. 서연의 눈물이 쏙 들어갔다. 현정은 앉은 자세로 기지개를 한 번 쭉 켠 다음 일어섰다.

"가자."

서연은 앉은 채로 현정을 올려다보며 말했다.

"어디를……?"

현정이 대답했다.

"바로잡으러 가자. 잘못된 것들. 싹 다."

5

무경의 방에 사람 셋이 한 번에 들어와 있었던 것은 그날이 처음이었다. 무경을 침대 위에 앉힌 현정이 바닥에 앉았고 그 옆에 서연이 나란히 앉았다. 약간의 높이를 점한 덕분에 내려다보게 된 현정과 서연이 무경의 눈에 작아 보였고 친해 보였다.

세 사람의 앞에는 모양이 다른 컵이 하나씩 놓였다.

"무경아, 달달한 것 좀."

현정은 무경의 방에 들어오면서 그렇게 말했다. 서연을 소개한 것은 그다음이었다. 무경은 이게 무슨 일인가 당황스러웠지만 일단 핫초코를 가지고 왔다. 사람들에게 다정해지는 법을 배우고 싶어. 예찬과 헤어지고서 돌아오는 길에 그런 생각을 했던 참이었다.

컵이 미지근하게 식을 때까지 아무도 입을 떼지 않았다. 현정은 새로울 것도 없는 무경의 살림살이를 훑듯이 보고 있었고 서연은 무릎을 안은 채 가만히 있었다. 무경은 서연의 얼굴을 보았다. 처음 보는 이 언니는 왜 이렇게 사연이 가득한 얼굴일까? 확실히 분위기가 심상치 않았다. 내가 먼저 무슨 말을 해야 하는 건가? 집주인이니까 그래야 되나? 고민이 되었지만 모르는 사람에게 먼저 말 붙일 용기 같은 게 갑자기 생기진 않았다. 대신 무경은 서연 앞에 놓인 컵을 조금 밀어 주었다. 핫초코가 살짝 넘쳤다. 서연이 입을 대고 핫초코를 마셨다. 달고 진한 것이 입 안과 몸속에 퍼지자 서연에게 조금 용기가 생겼다. 자신을 보는 무경과 현정의 눈빛에 따뜻함이 보이는 것도 같았다. 서연은 심호흡을 하고 무경에게 말했다.

"내가 너한테 잘못한 일이 있어."

무경의 이름이 적힌 쪽지 사진을 제일 처음 발견한 사람이 서연이었던 건 아니지만 학교 아이들에게 퍼뜨린 사람은 서연이 맞았다.

"제정신이 아니었어. 지금도 그렇긴 한데…… 그때의 나를 어떻게 설명해야 할지 지금도 모르겠다."

질투가 났던 걸까? 아마 그랬겠지. 하지만 서연은 그렇게 말하고 싶지 않았다. 질투 때문이었어. 그렇게 말해 버리면 그 뒤에 숨으려고 하는 것처럼 들릴 것 같았다.

시작은 무경의 방문을 두드리는 황동수를 본 밤이었다. 서연은 집으로 돌아오자마자 K여고 재학생 카페에 접속해 무경의 이름을 검색했다. 믿기 힘들 만큼 많은 글이 나왔다. 대부분이 무경을 찬양하는 내용이었다. 애들이 무경 때문에 난리인 건 알고 있었지만 그 정도인 줄은 몰랐던 서연은 굳은 표정으로 그 글들을 하나하나 눌러 봤다. 그러던 중에 시합 중인 무경을 찍은 기사 사진을 발견했다.

여자 축구 꿈나무 박무경(15세, J여중 미드필더)이 시원스레 패스를 뿌리고 있다.

사진 아래에는 그런 설명이 달려 있었다. 공을 차기 직전의 모습이었다. 미간을 찌푸리고 입술을 앙다문 무경의 얼굴을 서연은 멍하니 봤다. 대체 너의 무엇이…….

서연은 홀린 듯이 J여중을 검색해 보고, 그 학교의 다모임 게시판에도 들어가 보고, 빨간 글씨의 쪽지도 발견했다. 사진을 하드 디스크에 저장한 뒤 재학생 카페에 유령 계정을 파서 게시물로 올렸다. 그다음부터는 사진이 스스로 몸집을 불리는 것처럼 퍼졌다. 서연은 하루에도 몇 번씩 무경에 대한 소문을 확인했다. 무경에 대한 여론에 조금씩 금이 가는 게 느껴졌다. 그럴수록 더 격렬하게 무경을 지지하는 애들도 있었지만 무경의 뒤를 따르던 아이들의 수는 확실히 줄어들었다. 그러나 그런 일은 서연의 마음 어느 곳도 상쾌하게 해 주지 않았다. 그래도 서연은 매일 무경에 관한 이야기를 쫓았다. 멈출 수가 없었다.

서연이 사과의 말을 마쳤을 때 시간은 12시에 가까워지고 있었다. 무경은 살면서 오늘만큼 사람들의 이야기를 많이 들은 날이 있었나 생각했다. 서연은 이야기하는 동안 수신을 거부했던 어머니의 전화를 받았다.

무경과 현정이 서연을 집까지 바래다주었다. 서연의 집까지는 걸어서 30분 정도 걸렸다. 세 사람은 함께 걷는 내내 말을 거의 하지 않았다. 서연은 이미 할 말을 다 하고 대답을 기다리는 중이었고 무경은 자신이 굳이 대답해야 한다는 생각을 하지 않았으며 현정은 조금 졸린 상태였다. 셋은 각자 뱉은 숨에서 나는 달콤한 냄새를 맡으며 한 걸음씩 걸었다. 술에 취한 아저씨가 전봇대에 노상 방뇨하는 걸 봤을 때 잠시 간격을 좁히며 빠르게 걸었고 길고양이가 갑자기 튀어나와 길을 가로질렀을 때는 흡, 하고 숨을 삼키며 함께 멈췄다. 그렇게 걸어서 서연이 사는 아파트 정문 앞의 건널목까지 도착했다. 신호등이 바뀌고 길을 건너면 이 아이들과 헤어지게 되는데…… 서연은 무경에게 무슨 대답이든 듣고 싶었다.

"저기…… 내가 독촉할 처지는 아니지만 말이야. 무슨 말이든 해 줄 수 없을까? 용서든 욕이든 뭐든 좋으니까 뭐라고 한마디만……."

서연이 그렇게 말한 순간에 신호등이 초록불로 바뀌었다.

"일단 건너자."

현정이 서연의 등을 가볍게 밀었다. 길을 다 건넌 뒤에 현정이 무경 곁에 서며 말했다.

"우리가 그런 일에 일일이 화를 냈으면 화병으로 벌써 죽었어."

무경은 현정의 말이 재미있다고 생각했다. 웃음이 나왔고 덕분에 서연의 표정도 조금 풀렸다.

"맞아요, 언니. 나 아무렇지도 않아요."

무경이 말했다. 정말이냐고 물으면, 100퍼센트 그렇다고 할 수는 없겠지만 어쨌든, 오늘은 이야기가 정말 많은 날이고 내가 다정해지고 싶은 날이니까, 정말이라고 진심이라고 말할 작정이었다.

서연은 잠시 울먹이는 얼굴을 했다가 뛰어서 아파트 단지로 들어갔고 무경과 현정은 팔짱을 끼고 자신들의 방으로 돌아갔다.

6

서연이 겪은 일은 이런 것이었다.

황동수와 처음으로 관계를 가진 뒤에 서연은 다시는 그것을 하지 않을 거라고 다짐했다. 다른 사람들의 처음은 어땠는지, 그 이후로는 어떻게들 하는지, 알 수 없었고 물을 곳도 없었지만 서연은 황동수와 또 하고 싶지 않았다. 아팠고 무서웠다. 좋은 게 하나도 없었다. 돌이켜 볼수록 그런 감각만 생생했다. 아름답지가 않았고 행복하지가 않았다.

안 할 거야.

서연은 다짐했다. 그러나 다짐은 황동수를 만날 때마다 무력해졌다. 황동수는 손님의 나이가 몇 살인지 관심이 없는 낡은 모텔에 서연을 데리고 갔다. 서연은 매번 무너져 내리는 기분이 들었지만 황동수의 요구를 거절하지 못했다. 몸이 닿을 때만큼은 우리 사이가 나아질 수 있을 거라는 허상이 실체를 갖는 것 같았다. 관계가 끝남과 동시에 그런 기대는 거품 꺼지듯 사라졌다. 그런 일이 반복되던 어느 날 황동수는 급기야 방을 잡아 놓고 서연을 불렀다. 그날 홀로 모텔 문을 열고 방을 찾으며 서연은 그 어느 때보다 큰 수치심을 느꼈다. 서연은 황동수에게 물었다.

"너 나 사랑하니?"

내가 이런 틀에 박힌 말을 이런 곳에서 이런 기분으로 할 줄이야. 서연은 자신에게 실망했다.

"간지럽게 왜 그래."

황동수는 픽, 웃으며 담배 연기를 내뿜었다. 더 이상의 말은 없었다. 등을 돌리고 앉은 황동수가 서연의 눈에 막막한 벽처럼 보였다.

"좋아는 해?"

서연이 다시 물었다. 황동수는 묵묵부답이었다.

"야, 말을 해. 사랑하지도 않고 좋아하지도 않으면 왜 자꾸 나랑……."

참다못한 서연이 황동수의 등과 어깨를 때리며 말했다. 몇 대 맞아 주던 황동수는 벌레 같은 걸 쫓는 표정으로 서연의 손목을 잡아챘다.

"사랑한다, 왜! 씨발, 존나 좋아한다 어쩔래!"

황동수는 혼잣말로 욕을 더 한 뒤에 담배를 물었다. 서연은 방을 나갔다. 황동수는 서연을 부르지도 따라오지도 않았다. 1층으로 내려가 모텔 문을 열었을 때 사장과 마주쳤다. 그는 서연을 힐끗 보더니 이렇게 말했다.

"왜 혼자 나와?"

서연은 대꾸하지 않고 걸음을 재촉했다.

"몸 간수를 잘 해야지. 다 큰 계집애가, 쯧."

침을 뱉듯 말하는 사장의 목소리가 뱀처럼 쫓아오는 것 같아서 서연은 도망치듯 뛰었다.

몸 간수. 그 말은 서연에게 끈적하게 달라붙었다. 국어사전에서 찾아본 '간수하다'의 뜻은 '물건 따위를 잘 보호하거나 보관하다.'였다. 이게 '몸'과 어울리는 말인가? 그런데 왜 입에는 익숙하게 붙지? 그건 아마도 그 말을 많이 들어 봤기 때문일 거라고, 서연은 생각했다. 언제부터였을까? 이차성징이 시작되었을 때? 초경을 했을 때? 유치원에 들어갔을 때? 아니 어쩌면 기억도 나지 않는 어느 순간, 이를테면 배냇저고리를 입고 있던 때 아들이야 딸이야 물어봤던 누군가가 덕담하는 마음으로 그런 말을 하지 않았을까? 몸을 잘 간수하는 사람으로 자라렴. 꼭 그러길 바란다.

그러나 나는 그것에 실패했다. 왜냐하면,

했기 때문에.

어느 순간부터 목적어 없이 '했다'고 하면 뭘 했다는 건지 알 수 있었다. 그걸 '한' 아이들은 돌아오지 못할 강을 건너 버린 것처럼 보였다. 재 했대. 소문이 돌면 끝장이었다. 그게 사실이든 아니든. '하는' 건 그만큼이나 큰일이었고 '재'로 지목된 애는, 천박해 보였다. 그럼에도 서연이 그걸 '한' 것은 사랑 때문이었다. 사실 다 알았는지도 몰랐다. 하고 난 다음에 벌어질 일들을. 다른 사람들에게 '한 애'라는 말을 듣게 될 수도 있다. 그렇더라도 '무엇을'의 자리에 '사랑'을 몰래 넣어 두면 버틸 수 있을 거라 생각했다. 그러나 그 사랑은 이제 실패했고 서연은 자신을 보호와 보관에 실패한 물건 같은 것으로 생각하게 되었다. ~~황동수는~~? 같이한 ~~황동수는~~? 황동수의 몸도 간수하지 못한 것이 되나? 아무리 생각해 봐도 그렇지 않았다. 그 누구도 그렇게 생각하지 않을 것이었다.

간신히 붙들고 있던 서연의 자제력이 무너진 건 성교육이 있던 날이었다. 주제는 '여성 청소년의 건강한 몸'이었다. 중학교 때부터 매년 들었던 내용과 다르지 않아서 아이들은 많이 졸았다. 서연은 그러지 못했다. 지루해할 수 있는 아이들이 미치게 부러웠다. 마음에 그만큼의 여유가 있다는 게 너무나도 부러웠다. 강사의 말, 보여 주는 영상, 간간이 던지는 농담이 서연에게는 상처가 됐다. 서연을 가장 아프게 한 것은 성범죄 피해 여성들의 인터뷰 영상이었다. 영상 속 여성들은 조도가 낮은 방에서 풀 죽은 목소리로 말했다. 얼굴에는 모자이크가 씌워졌고 목소리는 변조되어 있었다. 마치 부끄러운 일을 저지른 죄인처럼 보였다. 고개를 숙인 채 영상을 외면하고 있던 서연의 귀에 강사의 말이 들렸다.

"너무 안타깝죠? 그러니 우리는 조심해야 해요. 몸을 버리지 않으려면."

서연은 입술을 깨물고 마음속에서 일어나는 모든 것을 꾹꾹 눌렀다.

버렸……다고?

나는 몸을 버린 건가?

내 몸은 버린 몸인가?

내 몸은 더러운가?

서연은 황동수에게 연락했다. 문자를 보내고 전화를 했다. 미친 사람처럼 연락을 하고 또 했다. 황동수는 답하지 않았다. 차가운 가을비가 장마처럼 내리던 날, 서연은 황동수를 찾아다녔다. 황동수의 오토바이가 세워져 있는 아파트 뒷문에도 가 보고 체육관에도 가 봤다. 황동수는 어디에도 없었고 빗물은 우산대를 타고 흘러 서연의 손을 적셨다. 서연은 발길 닿는 대로 막 걸었고 결국 무경이 사는 골목에 다시 갔다. 그리고 골목으로 들어가는 황동수의 뒷모습을 봤다. 서연은 그 뒤를 조용히 따라갔다. 가지 마. 너는 감당하지 못해. 이 빗속에서 황동수가 다른 여자와 입을 맞추는 장면이라도 보게 된다면, 죽고 싶어질 거야. 머릿속이 광광 울렸지만 발걸음은 멈춰지지 않았다. 황동수는 무경의 방문을 쥐고 덜컥덜컥 소리를 내더니 문을 열고 들어갔다. 서연은 온몸이 터져 버릴 것 같았다. 그러나 황동수는 5분도 되지 않아 밖으로 나왔다. 손에 뭔가를 들고 있었는데 자세히 보니 그건 살갗에 닿는 것들이었다. 서연은 들고 있던 우산을 놓쳤다. 놀라는 와중에 오히려 정신이 번쩍 났다. 도망을 치려는 찰나 황동수와 눈이 마주쳤다. 뒤도 돌아보지 않고 뛰었으나 황동수는 순식간에 쫓아왔다. 등 뒤에서 황동수의 기척을 느낀 서연은 그대로 주저앉았다. 황동수는 서연의 머리채를 그러쥐고 협박의 말을 했다. 그때의 서연이 가장 두려워하던 말들이었다.

서연은 더 이상 어떤 일도 겪고 싶지 않았다. 감정을 동요하는 일은 어떤 것이라도 싫었다. 이제 그만, 제발 그만. 서연의 모든 행동은 조심스러워졌고 작은 소리와 기척에도 깜짝 놀라게 되었으며 음식을 씹고 삼키는 일이 힘들어졌다. 혹시나 자기에 대한 소문이 돌고 있을까 봐 두려웠다. 애들이 삼삼오오 모여서 이야기를 나누는 장면이 서연에게는 지옥도처럼 보였다.

서연은 말라 갔다. 몸에 물기가 빠져 피부가 거칠어졌고 머리카락이 툭툭 끊겼다. 거울을 보면 나쁜 일을 많이 겪은 미래의 자신이 지금의 자신을 책망하러 와 있는 듯했다. 대체 왜 그랬니? 그때 왜 그랬냐고! 서연의 변화를 눈치채고 도움을 주려고 한 친구들도 있었다. 서연은 할 수 있는 한 가장 밝은 미소를 보이며 별일 없다고 말했지만 눈빛에 서린 경계의 흔적을 지울 수는 없었다. 서연이 눈빛으로 세운 벽에 막힌 아이들은 우물쭈물 물러났다. 학교에서의 모든 시간에 서연은 홀로 있었다. 그게 편했다. 그러나 세계는 서연이 그렇게 지내도록 두지 않았다. 담임 교사 민찬우가 서연의 얼굴을 덮은 그늘을 발견했기 때문이다.

K여고의 상담실은 3층 복도 서쪽 끝에 있었다. 옆은 보건실이었고 앞은 교실 두 개를 터서 만든 남교사 휴게실이었다. 그런 위치였으므로 다른 교실이나 교무실과는 물리적인 거리가 있었고 심리적인 거리는 더 멀었다. 야간 자습 시간에는 보건실과 남교사 휴게실이 비었으므로 더욱 섬 같은 공간이 되었다. 다른 층의 같은 곳은 기자재실이나 문서고 등으로 쓰였다. 왜 그런 곳에 상담실을 만들었느냐, 좀 더 밝고 접근성이 좋은 곳으로 옮겨 달라, 같은 이야기가 몇 년에 한 번씩 있었지만 바뀌는 것은 없었다. 그리하여 그곳에서는 상담보다는 체벌이 잦았다. 무단결석을 했거나 담배를 소지했거나 오토바이를 탔거나, 그런 일을 한 학생들이 그곳에 끌려갔다. 그리고 1년 전, 미란이 심기태로부터 상처를 입은 장소도 그곳이었다. 거기에서 서연과 민찬우는 한 시간을 함께 있었다.

처음에 민찬우가 서연을 부른 곳은 교무실이었다. 형광등이 밝게 빛을 내고 다른 교사들도 있는 곳. 그곳에서 사람 좋게 웃는 민찬우의 얼굴을 보며 서연은 아주 찰나였지만 빛줄기 하나가 지나가는 걸 봤다. 민찬우는 좋은 교사였다. 아이들은 그렇게 생각했다. 겸손하고 사려가 깊어서 그와 상담을 하고 돌아온 아이들은 개운한 표정을 지었다. 다정한 담임 선생님이라며 아이들은 그를 진심으로 따랐다. 그러나 그게 서연이 본 빛의 전부는 아니었다. 서연은 그때를 떠올렸다. 심기태가 학교를 떠나고 미란이 전학을 가던 때, 민찬우는 심기태를 옹호하는 말을 하지 않았던 몇 안 되는 교사 중의 한 사람이었다. 서연은 빛줄기가 사라지기 전에 그것을 잡아 보기로 했다.

"상담실에서 이야기할 수 있을까요?"

민찬우는 잠시 고개를 갸웃했다가 뭔가 이해했다는 얼굴을 하고 앞장섰다. 서연은 상담실에서 이야기를 시작했다. 한마디가 두 마디가 되고 결국엔 산더미 같은 말이 쏟아졌다. 근 한 시간을 서연 혼자 이야기했는데도 민찬우는 집중해서 잘 들어 주었고 무슨 말을 보태지도 않았다. 그저,

"쌤이랑 바람 좀 쐴까?"

말했을 뿐이었다. 서연과 민찬우는 학교 근처의 저수지로 갔다. 차로 10분 정도 걸리는 거리였다. 산책로를 한 바퀴 걷

는 동안 밤바람이 시원하게 불었다. 서연은 마음이 편안해지는 걸 느꼈다. 아무것도 해결되지 않았지만 이대로 더 나빠지지는 않을 거라는 기대가 들었다. 이렇게 해라, 저렇게 해라, 말하지 않는 민찬우가 고마웠다. 자신이 이해와 보호를 그리워했다는 걸, 아주 간절하게 원했다는 걸, 서연은 깨달았다. 그래서,

"힘들면 또 말해. 쌤은 늘 여기 있으니까."

라는 민찬우의 말에,

"엥? 저수지에요?"

농담으로 대답도 할 수 있었다. 그리고 서연은 민찬우의 말대로 했다. 자주 힘들었으므로 자주 찾아갔다. 며칠 지나지 않아서는 눈짓만으로도 상담 약속을 잡을 수가 있었다. 종례를 할 때 민찬우와 눈이 마주치길 기다렸고, 잠시라도 눈빛이 닿으면 눈동자를 오른쪽으로 굴렸다. 그러면 민찬우는 상담실에 먼저 가 있었다. 두 사람은 녹차나 둥굴레차를 마시면서 이야기를 나눴다. 그리고 저수지에 갔다. 바람을 맞아야 머리가 가벼워진다고. 민찬우는 조수석의 창문을 조금 내려 주었고 서연은 앞머리가 헝클어질까 걱정하면서도 기분이 가뿐해지는 걸 느꼈다. 눈치 빠른 아이들 몇이 민찬우와 자신에 대해 왈가왈부하는 것을 듣기도 했지만, 그런 소문이 아주 위

험할 수 있다는 걸 모르지 않았지만, 기댈 곳이 없었으므로 모조리 무시했다.

단연코 다른 마음은 없었다. 그저 고마울 따름이었다. 서연이 민찬우에게 가진 마음은 크고 단단한 감사뿐이었다. 그러나 민찬우는 서연을 벼랑에서 밀었다.

서연이 열두 번째 상담을 신청했을 때, 민찬우는 저수지의 산책로 중에서 가장 긴 코스를 걷자고 했다. 상담 횟수 열두 번을 채우면 뭔가 해야 할 것이라고, 그래도 될 거라고, 민찬우는 혼자 마음을 정해 두고 있었다. 조회 시간이 끝나자마자 상담을 청하는 서연의 다급한 표정을 보니 용기도 생겼다. 어린 여자애의 혼란스러운 마음을 비집고 들어가는 건 너무 쉬운 일이지. 민찬우는 그날 서연에게 무슨 말을 하고 어떤 행동을 할지 상상하며 즐거운 하루를 보냈다.

민찬우가 택한 코스는 막다른 길이어서 끝까지 간 다음에는 왔던 길을 되돌아와야 했다. 빠른 걸음으로 걸어도 왕복 한 시간 반이 걸리는 그 길에서 민찬우는 여느 때와 다르게 아주 많은 말을 했다. 민찬우의 이야기가 시작되었을 때 주위에는 아무도 없었다. 민찬우는 서연에게 자신이 남자로서 어떠냐고 물었다. 서연은 민찬우가 대체 무슨 말을 하는 건지 이해할 수 없었다. 아니, 이해를 하기에 너무 무서운 말이라 모른 척해야 했다. 민찬우는 서연이 부끄러워한다고 생각했다.

"선생님이 아니라, 애인으로 어떨 것 같냐고."

민찬우의 목소리가 낮게 울렸다. 서연은 눈을 질끈 감았다. 눈을 떠서 겨우 앞을 보니 일방향의 데크 길 외에 다른 길이 없었다. 민찬우는 웃으면서 서연의 어깨를 감쌌다. 서연은 괴로운 마음에 도망치고 싶었지만 황동수에게 붙들리던 순간이 자꾸 떠올라 그대로 걸었다. 길의 끝에는 하트 모양의 구조물이 있었다. 구조물에 달린 노란빛 등 앞에 선 민찬우는 서연을 그윽하게 바라보았다. 서연은 민찬우의 얼굴이 너무 무서워서 몸을 끌어당겨 입술과 볼에 입을 맞추는 걸 제지하지 못했다. 다시 50분을 걸어서 돌아가는 동안 서연은 등 뒤로 휴대 전화를 꺼내 어머니에게 문자 메시지를 보냈다. 오타가 많이 났지만, 그래서 다급해 보였다. 서연의 어머니가 저수지로 차를 몰고 왔다. 어머니의 차를 발견한 서연은 미친 듯이 달려 차에 탔다. 집에 가는 동안 민찬우가 계속해서 보낸 문자 메시지 때문에 서연의 휴대 전화가 자꾸 울렸고 무슨 일이냐 다그치는 어머니의 목소리에 서연은 소리 내어 울었다.

어머니는 새벽이 깊어지도록 서연의 방에서 나가지 않았다. 서연을 달래다가 혼냈고 걱정하다 원망하기를 반복했다. 서연의 마음이 아니라 자신의 마음에 맺힌 뭔가가 조금이라도 풀릴 때까지 계속 그렇게 했다.

"아빠 아시면 큰일 난다."

방을 나가면서 어머니가 말했다. 염려와 당부가 섞인 문자 메시지를 민찬우에게 전송한 다음이었다. 그제야 서연은 혼자 있게 되었다. 밤새 들었던 그러게 왜, 라는 말이 계속 귓전을 맴돌았다. 그 말이 방 아래에 고여 있는 것 같아서 서연은 침대 위에 못 박힌 듯이 앉아 있었다. 아침이 되자 민찬우에게서 답장이 왔다.

서연이를 지도하는 과정에서 좀 과한 부분이 있었던 것 같습니다. 걱정을 끼쳐 죄송하고요. 모쪼록 서연이의 오해가 풀리길 바랍니다. 앞으로 주의하고 더 세심히 보살필 테니 걱정 내려놓으십시오. 서연이가 원하면 오늘 하루는 집에서 쉬어도 된다고 전해 주세요. 출석은 제가 알아서 처리할게요. 그럼 좋은 하루 보내십시오.

어머니가 보여 준 메시지를 읽으면서 서연은 온몸이 불타 없어지는 것 같았다. 더 이상 이렇게는 살 수 없다고 생각했다.

7

서연의 이야기를 알게 된 뒤에 무경은 체육관을 옮기기로 했다. 그나마 가까운 체육관은 걸어서 한 시간이 족히 걸리는 위치에 있었지만 더 이상 황동수와 같은 공기를 마시며 운동하고 싶지 않았다. 하루를 고민한 다음 그만두겠다는 말을 하러 체육관에 갔다. 그런데 새로운 얼굴이 한 명 보였고 예찬의 표정이 좋지 않은 것도 보았다. 무경의 머릿속에 예찬에게 들었던 이야기 몇 가지가 떠올랐다. 예찬에게 물으니 과연, 예상대로였다. 무경은 일단 조금만 더 참고 체육관에 다니기로 했다. 황동수를 계속 보려면 턱이 아플 정도로 이를 꽉 물어야 했지만 예찬을 그늘 속에 혼자 둘 수 없었다.

체육관에 새로 온 애는 이형섭이었다. 이형섭은 초등학교 저학년 때 1품을 따 놓은 적이 있었으므로 곧바로 검은 띠를

맸다. 실력은 기초부터 다시 배워야 하는 수준이었다. 그럼에도 이형섭은 주눅 들지 않았다. 그렇다고 아주 당당하게 행동한 것도 아니었다. 눈치를 살살 봐 가면서 적당히 까불거리고 적당히 뒤로 빠지면서 적응을 했다. 이형섭이 애쓰고 있다는 걸 무경은 알 수 있었다. 황동수의 눈에 들고 싶어 안달이 나 있는 게 훤히 보였다. 황동수는 그렇게 숙이고 들어오는 애들을 내심 좋아하면서도 쉬이 잘해 주지는 않았다. 그게 황동수가 힘을 사용하는 방식이었다. 무경이 처음부터 황동수를 싫어했던 이유가 바로 거기에 있었다.

무경의 추측대로 이형섭은 황동수를 든든한 배경 삼아 겁날 것 없이 살아 볼 작정이었다. 원래부터 그런 삶에 대한 열망이 컸지만 몇 주 전에 벌어졌던 싸움에서 이긴 뒤로 그 생각은 더욱 강렬해졌다. 구경을 하던 아이들 대부분이 이형섭의 패배를 예상했던 싸움이었으나 이형섭은 이겼다. 조금 비겁한 방법을 쓰긴 했지만 크게 문제가 되지는 않았다. 그날 이후로 학교에서 이형섭의 입지는 달라졌다. 이형섭은 자신을 무서워하는 아이들이 늘어났음을 느꼈고 자신이 무서워하던 아이들과 친구 비슷한 사이가 되었음을 알았다. 기회가 온 것이었다. 이형섭이 선망하던 아이들 중에는 체육관에 다니는 애들도 있었다. 그 애들이 나누는 이야기 속에서 황동수의 이름을 들은 이형섭은 곧바로 체육관에 등록했다.

이형섭의 등장은 예찬에게 당연히 불쾌한 일이었다. 종률에게 폭력을 가하던 장면이 여전히 생생했다. 학교에서 되도록 이형섭의 얼굴을 보지 않으려 노력했으나 근래 들어 더 기세등등해져서 여기저기 들쑤시고 다니는 통에 그것도 쉽지 않았다. 어쨌든 체육관에서도 최대한 모른 척 지내려 했다. 그냥 검은 띠 무리에 사람 하나 늘어난 것뿐이라고 생각하기로 했다. 그러나 이형섭은 예찬을 그냥 둘 마음이 없었다. 사냥감이었기 때문이다. 어릴 적 배웠던 동작들이 어느 정도 몸에 익자 곧장 예찬과 겨루기를 시켜 달라고 했다. 언제나 그랬듯이 시합은 지체 없이 성사되었다.

예찬의 보호구는 무경이 입혀 줬다. 매번 다른 검은 띠들이 대충 해 주던 것과 달리 무경은 예찬의 호흡과 움직임이 편하도록 끈의 길이를 잘 조절하고 단단하게 매듭을 묶어 주었다. 파란색 헤드기어의 벨크로를 붙이며 예찬이 말했다.

"누나."

"응?"

"나 진짜 겨루기에 별로 욕심 없는데 쟤는 꼭 이기고 싶어요."

무경은 잠시 생각한 다음 말했다.

"그럼 발을 뻗지 말아 봐."

"공격을 하지 말라고요?"

"기다리는 거지."

"뭘요?"

"예찬아."

"네?"

"내가 아무리 못해도 저 새끼는 이길 수 있다."

"……?"

"쟤는 널 보면서 그런 생각을 할 거야. 그치?"

"……그렇겠죠."

"다른 새끼들도 그럴 거고."

"네."

"그럼 쟤가 어떻게 하겠어? 시작하자마자 죽일 듯이 덤벼들지 않겠니? 조금이라도 빨리 때려눕혀야 할 테니까. 그러니까 넌 기다려. 물방울처럼 나뭇잎처럼, 맞지도 말고 때리지도 말고 계속 돌아다녀. 그리고 참아. 이게 중요해. 참고 기다려. 그럼 쟤가 먼저 지칠 거야. 움직임이 둔해지고 그럴 텐데 그때까지 기다려. 바로 지금이다 할 때, 한 번 더 기다려야 해. 그럼 너한테 기회가 올 거야. 헤드 샷 딱 먹이고. 3대 0. 알아들었지?"

내가 할 수 있을까? 예찬은 불안했지만 무경을 믿어 보기로 했다. 정말 너무 이기고 싶었다. 그리고 예찬은 이겼다. 무경의 말대로 이형섭은 발바닥에 불이라도 붙은 것처럼 퍼덕거리며 덤벼들었다. 예찬은 기다리고 또 기다렸다. 2라운드가 절반 정도 지난 시점에 이형섭이 돌려 차기를 하느라 뻗은 발을 제대로 접지 못하고 엉성하게 바닥을 디뎠다. 이형섭이 제풀에 잠깐 휘청대는 게 예찬에게 보였다. 예찬은 숨을 꾹 눌러 참았다. 다시 가드를 올리는 이형섭 쪽으로 스텝을 한 번 더 넣었다. 이형섭이 움찔하는 찰나, 지금이야, 무경이 생각했고 예찬도 그걸 알았다. 예찬은 뒤돌려 차기로 발뒤꿈치를 이형섭의 관자놀이에 꽂았다. 작게, 어억, 하는 소리를 내며 이형섭이 앞으로 넘어졌다. 예찬의 케이오 승이었다.

겨루기에서 헤드 샷을 하고 나면 발에 시원한 타격감이 남아서 며칠 기분이 좋다는 이야기를 들은 적이 있었지만 예찬은 그 느낌이 왜 좋다는 건지 알 수 없었다. 이형섭에게 복수를 한 것 같아 잠시 기뻤으나 그 기분도 아침이 되고 나니 사라져 버렸다.

이형섭은 체육관에 나오지 않았다. 예찬에게 진 뒤에 검은 떠들은 이형섭을 놀리지도 않았다. 어떻게 저 새끼한테 질 수 가 있지? 냉랭한 분위기 속에서 검은 떠들이 자신을 하찮게 여기고 있음을 이형섭은 느꼈다. 모든 원망은 예찬을 향했다. 이형섭은 복도를 걸어가는 예찬의 어깨를 치고 갔고 체육 시간에는 실수인 척 돌을 던졌다. 예찬의 국어 교과서가 난도질된 날도 있었고 사물함 손잡이에 껌이 붙어 있기도 했다. 예찬은 그런 일을 겪는 자신의 마음이 달라진 걸 느꼈다. 예전이었다면 무서워했을 일이었다. 그런데 이상하리만치 무섭지가 않았다. 어쩜 이리도 유치할까. 다른 애들은 다 열심히 크고 있는데 쟤는 대체 왜 한 치도 자라지를 않을까. 안타까운 마음이 들었다.

이형섭이 예찬에게 졌다는 소식은 검은 떠들의 입을 타고 학교에 퍼졌다. 사실 여부를 예찬에게 묻는 애들이 있었다. 그중에는 이형섭에게 시달린 적이 있는 아이들도 있었고, 그냥 재밌는 일을 기다리는 아이들도 있었고, 이형섭의 뒤를 따르던 아이들도 있었다. 어쨌거나 이형섭의 입지는 좁아져 갔다. 모든 일이 보름도 안 되는 사이에 일어났다는 것에 예찬은 덧없음을 느꼈고 그 덧없는 것에 연연하는 이형섭이 불쌍했다.

예찬이 반응하지 않을수록 이형섭은 우스워졌다.

"개새끼가 뭣도 아니면서 깝치는 게 꼴 보기 싫었다니까?"

쉬는 시간이었고 이형섭과 한때 친했던 애들이 교실 한가운데서 그렇게 말했다. 누가 들어도 이형섭에게 하는 말이었는데 그걸 굳이 이형섭이 듣는 자리에서 했다. 예찬은 이형섭을 봤다. 엉거주춤한 자세로 서 있다가 천천히 자리에 앉는 이형섭의 귀가 새빨갰다. 아마 얼굴도 빨개졌겠지? 어떡하냐 쟤……. 예찬은 이형섭에게 힘과 폭력이 중요하지 않게 되는 날이 올까, 생각했다. 도무지 상상이 되지 않아서 예찬의 마음이 무거워졌다. 이대로라면 예찬에게 시비 거는 일조차 못하게 될 것이었다. 차가운 힘의 논리에 따라서 이형섭은 누구에게도 위력을 행사할 수 없는 위치에 있게 될 것이었다. 그렇게 만드는 것은 이형섭보다 더 센 누군가일 것이고, 안타깝게도 그 누군가는 이형섭보다 나은 인간이 아닐 것이었다. 저 애가 그걸 견딜 수 있을까? 그런 생각을 하다가 예찬은 픽, 웃었다. 누가 누구 걱정을 하고 있냐. 그 순간,

"야 이 개새끼야!"

이형섭이 예찬을 향해 성큼성큼 걸어왔다.

"왜 쪼개고 지랄이야. 내가 우습냐 씨발아?"

이형섭이 주먹을 크게 휘둘렀다. 순식간에 양쪽으로 흩어선 아이들이 오오, 웅성거렸다. 예찬은 의자를 뒤로 빼며 일

어났다. 맞아도 별로 아플 것 같지 않았는데 어쩌다 보니 피한 셈이 되었다. 교실 안이 또다시 술렁였다. 이형섭이 독이 잔뜩 오른 얼굴로 주먹을 휘둘렀다. 예찬은 정말로 무섭지 않았다. 힘이 들어가서 경직된 이형섭의 팔은 예찬에게 닿지 않았다. 이형섭이 제풀에 휘청댔고, 예찬은 자기도 모르게 뒤돌려 차기 자세를 잡았다.

"억."

이형섭이 머리를 감싸 쥐었고 예찬은 발차기를 할 필요도 없었다. 주위를 둘러싼 아이들 중에서 몇 명이 웃기 시작했다. 예찬이 교실 밖을 나가자 박수 소리도 들렸다. 박수는 예찬을 향한 것이었다.

예찬은 온몸을 부르르 떨며 뛰었다.

아, 이런 거 진짜 싫어. 나랑 너무 안 맞아.

정말 지긋지긋하고 부질없다고 생각했다.

그날 예찬은 체육관에 일찍 가서 무경을 기다렸다. 무경은 오지 않았다. 예찬은 운동이 시작되기 전에 무경의 골목으로 달려갔다. 단숨에 가파른 오르막과 계단을 올랐고 골목 입구에 도착했을 즈음 현정과 마주쳤다. 현정이 무경의 집까지 예찬을 데려다주었다. 무경의 방에는 불이 켜져 있었다. 현정이 문을 두드리자 무경이 나왔다. 예찬을 보고 잠시 놀란 얼굴을 했다가 현정과 함께 있는 걸 보고 더 놀란 얼굴을 했다.

"둘이 아는 사이야?"

무경이 물었다.

"좀 알지."

현정이 대답했다.

"현정이 왔어?"

무경의 등 뒤에서 얼굴을 내민 사람은 서연이었다.

"넌 왜 거기 있어?"

현정이 서연에게 물었다.

현정이 집에 돌아오기 전에 서연은 현정의 집 앞에 서 있었다. 필요하면 들어가 있으라고 현정이 남는 열쇠도 줬는데 서연은 그러지 않았다. 현정을 기다리는 서연을 발견한 무경이 말했다.

"언니, 내 방에서 기다릴래요?"

그런데 지네가 나왔다. 서연은 무경을 위해 지네를 잡아주고 싶었지만 엄두가 나질 않았다. 지네는 예전에도 그랬던 것처럼 벽에 딱 붙어 무경과 서연을 노려보듯 머리를 까딱였다. 그런 때에 예찬과 현정이 온 것이었다. 예찬은 어릴 적에 할머니가 지네를 나무젓가락으로 집어 요강에 담았던 걸 떠올렸다. 그때 할머니가 얼마나 멋지고 든든해 보였는지도.

할 수 있을까?

할 수 있다. 누나를 위해서.

예찬은 나무젓가락을 칼처럼 겨누고 지네에게 다가갔다. 절대 눈을 감지 마라. 나는 할머니의 손자다. 할머니의 무심한 표정과 손놀림을 기억할 것. 예찬은 마음속으로 되뇌면서 지네를 집었다. 젓가락이 지네의 한가운데에 걸렸고 지네는 국수 가락처럼 늘어졌다. 제압을 당했다기보다 이게 무슨 일인지 몰라 어리둥절해하는 것 같았다.

“창문 열어요!”

예찬이 소리쳤고 무경이 창문을 열었다. 지네는 창밖으로 멀리 날아갔다. 세 사람이 예찬에게 손뼉을 쳤다. 예찬은 조금 기뻤다.

“쓸 만한 데가 있네?”

무경이 말했다. 예찬은 무경에게서 처음 칭찬을 들은 이유가 지네를 잘 잡아서라는 게 별로 좋진 않았지만 그래도 귀한 말이라 생각하고 잘 간직하기로 했다. 그리고,

“누나, 저는 이제 체육관 그만 다니려고요.”

하려던 말을 했다. 무경은 고개를 살짝 기울이고 예찬을

봤다.

"잘 생각했어. 나도 그럴 참이었어."

예찬은 마음이 놓였다. 그래, 잘한 거야. 그런데 이제 누나를 어디서 봐야 하지? 누나까지 그만둘 줄은 몰랐는데…… 생각에 잠기려는 예찬에게 무경이 말했다.

"그럼 너 이제 시간 많지?"

예찬은 무경을 봤다.

"우리 좀 도와줘."

우리? 예찬은 무경과 무경 옆에 있는 누나들 얼굴을 바라봤다. 땀으로 번들거리는 불그스름한 얼굴들이었다.

8

무경과 예찬과 현정과 서연은 매일 저녁 모였다. 무경의 방이나 현정의 방에 동그마니 둘러앉아 있으면 너나 할 것 없이 배가 고팠다.

"이런 걸 감정적 허기라고 한다더라."

현정이 라디오에서 들은 말을 했고 나머지 세 사람은 처음 들어 본 말이었음에도 쉽게 수긍했다. 움직이는 건 손가락뿐인데도 배가 이렇게 고픈 건 마음이 허전해서라고. 왜 허전할까? 서로에게 묻지 않았다. 헛헛한 마음을 채우려 네 사람은 뭘 많이 먹었다. 라면도 끓여 먹고 김치전도 부쳐 먹고 찬밥에 고추장과 참기름을 넣어 비벼 먹기도 했다. 그래도 늘 모자라서 현정은 사흘에 한 번씩 빵을 사다 놓았다. 배부르게 먹는다고 상황이 좋아질 리 없었지만 기분이 좋아지는 건 맞았다. 굳었던 표정들에 생기가 돌고 우스갯소리도 나눌 마음이 되었다. 어떤 날에는 실컷 먹고 초저녁잠을 잔 뒤에 헤어지기도 했다. 그런 날이면 현정과 무경과 예찬은 서연에게 부끄러워했다. 서연은 그 얼굴들이 귀여워서 좋았다.

그래서 매일 무엇을 했느냐면,

리본을 만들었다.

네 사람은 그 리본들을 '꼬리'라고 불렀다. 현정의 아이디어로 시작한 일이었다. 미술 수행 평가 안내를 뚫어져라 보면서 현정은 생각했다. 이거 잘 하면 되겠는데? 현정은 팔짱 속에서 오른손 엄지와 중지를 딱, 튕겼다.

K여고 2학년 학생들에게 주어진 2학기 미술 수행 평가 과제는 '한지 등 만들기'였다. K시의 모든 고등학교 2학년들에게 똑같이 주어지는 과제였다. 그렇게 만들어진 수천 개의 한

지 등이 유등 축제 기간에 전시되는 게 연례행사였다. 유등 축제는 유서 깊은 지역 축제였고, K시가 전국 단위로 관광객을 모을 수 있는 거의 유일한 행사였다. 도시를 가로지르는 강 위에 열흘 동안 아름다운 유등이 떠 있었는데 학생들이 직접 만든 등을 강변의 성곽을 따라 걸어 두는 게 전통이었다. 재료가 한지이기만 하면 무엇을 만들어도 괜찮았으므로 매년 기발한 아이디어가 담긴 등이 걸리곤 했다. 학생들이 만든 등을 구경하는 것은 시민들이 축제를 기다리는 이유 중 하나였다. 현정은 그 부분을 파고들어 보기로 했고, 그날 저녁에 아이들에게 이렇게 말했다.

"거사를 준비하자."

거사……?

현정의 말에 다른 누나들을 따라 고개를 끄덕이긴 했지만 예찬은 그 말의 뜻을 알지 못했다. 분위기가 비장했고 진지한 데다 전에 없이 희망찬 기운도 느껴져서 묻기가 어려웠다. 국어사전을 뒤져 보니 9개의 '거사'가 나왔다. 그중에서 현정이 말한 거사는 '큰일을 일으킴'인 것 같았다.

큰일?

아버지가 자주 말하던 '남자는 큰일을 해야 한다.'의 그 큰일? 예찬은 곰곰 고민했고 그 큰일은 이 큰일과 다르다고 결론을 내렸다. 아버지의 큰일은 정확히 어떤 일인지 알 수 없어서 흐릿하고, 알게 된다 해도 부담스럽기만 할, 예찬이 잘할 자신이 없는 일이었다. 그러나 누나들과 함께할 큰일은, 그 앞에 근사한 말들을 얼마든지 붙여도 좋을 것 같았다. 이를테면, '용감한' 큰일.

용감한 일을 하려면 용감해져야지.

예찬은 그런 생각으로 미용실에 가 머리카락을 3밀리미터만 남기고 삭발을 했다.

"야, 너 뭐야. 군대 가니?"

예찬을 가장 먼저 본 현정이 말했다.

"왜, 밤톨 같고 귀여운데."

서연이 예찬을 감쌌다. 만져 봐도 되나? 혼잣말을 했고 예찬은 무릎을 살짝 굽혀 머리를 내주었다. 모두가 예찬의 까슬까슬한 머리에 손을 살짝 문질렀다.

"밤톨보다는 칸쵸 같다."

무경이 말했고 그날의 간식은 칸쵸가 되었다. 거사를 하루 앞둔 밤에 네 사람은 달달한 것을 먹으며 힘을 냈다.

9

거사의 날이 밝고, 무경과 예찬과 현정과 서연은 뛰는 가슴을 애써 누르며 하루를 보냈다. 유등 축제의 전날이었다. 그날 밤, 네 사람은 성곽에 갔다. 축제를 앞두고 일찍 문을 닫은 성 내부에는 막바지 준비를 하는 공무원들과 용역업체 직원들밖에 없었다. 그들은 널찍한 거리를 두고 각자의 작업에 몰두하고 있었다. 그리하여 아이들은 손에 꼭 쥔 수백 개의 파란 꼬리들을 K여고 학생들의 등 아래에 다는 일을 어렵지 않게 할 수 있었다. 작업을 다 마치는 데 한 시간 반 정도 걸렸다. 그사이에 해가 졌다. 각자의 손에 꼬리가 열 개 남짓 남았을 때였다.

"거기 뭐 하는 거요?"

랜턴 불빛을 흔들며 누군가 다가왔다. 야간 경비원이었다. 네 사람은 당황했다.

어떡하지? 이제 거의 다 됐는데, 조금만 더 하면 되는데.

"저희는 K여고 미술반입니다."

아이들의 앞에 나선 사람은, 최아라였다.

최아라는 현정에게 수행 평가 안내문 게시를 부탁한 교사였다. 서연을 어떻게 도울지 현정이 한창 막막해하던 때, 복도를 걸어가는 현정을 최아라가 붙들었다.

"현정아, 이거 1반부터 5반까지 붙여 줄래?"

조금 놀란 현정이 고개를 끄덕였다. 최아라는 웃으며 6반 쪽 복도로 뛰어갔다. 최아라의 짧은 포니테일 머리가 걸음에 맞춰 좌우로 흔들리는 것을 보며 현정의 머릿속엔 어쩔 수 없이 미란의 얼굴이 떠올랐다. 잠시 마음이 복잡해졌으나 곧, 무경에게서 들었던 이야기도 함께 떠올랐다. 그 이야기는 최아라가 그해 봄에 무경의 담임 교사인 오연주와 옥상 층계참에서 나눈 대화에 관한 것이었다. 그리고 현정은 확신했다. 최아라가 여전히, 안전하고 정의로운 어른이라는 확신이었다.

벚꽃이 흩날리기 시작하던 4월 중순의 일이었다. 사건의 발단은 오연주가 교실에 단단히 붙여 놓은 몇 개의 문장들이었다. 급훈이었던 '10분 더 공부하면 남편 직업이 바뀐다'와 청소 도구함에 붙여 놓은 '쓸고 닦기만 잘해도 시집은 간다' 같은 말들이 교실 곳곳에서 눈길을 끌었다. 모의고사 감독을 하러 갔던 최아라는 그 문장들을 보며 마음을 긇였다. 시험지를 들여다보고 있는 동그랗고 까만 머리들이 순하고 선해 보여서 더욱 화가 났다. 아이들에게 미안해지는 기분이었다. 애써 외면해도 자꾸 보이는 문장들에 모욕을 당하는 것 같았고 그러다 그만, 야자 출석부 뒷면에 종이를 뜯어 버렸다. 그것도 모자라서 나직하게 욕도 하고 말았다. 생각만 하고 말았어야 할 말이 밖으로 나와 버린 것이었다. 분명 나직했으나 교실 안이 너무 조용했기에 아이들이 들어 버렸다. 아무렇지 않은 척 고개를 들었을 때는 자신을 쳐다보고 있는 많은 눈과 마주해야 했다. 뜯긴 종이에는 '대학 가서 미팅 할래? 공장 가서 미싱 할래?'라고 적혀 있었다. 변명이라도 해야 한다는 생각에 할 말을 찾았으나 눈도 깜빡이지 않고 자신을 노려보고 있던 맨 앞줄 아이의 말에 최아라는 말문이 막혔다.

"쌤, 지금 뭐 하시는 거예요?"

시험 시간이 끝나자마자 그 아이를 비롯한 몇 명이 오연주에게 갔다. 그날은 조용히 지나갔으나 다음 날 오연주가 최아라의 자리에 쪽지를 붙여 두었다.

어제 일 설명 부탁해요.

최아라는 사과를 해야 한다고 생각했다. 하지만 왜 그랬는지, 어쩌다 그랬는지, 교실에 그런 말들이 막 붙어 있는 것을 보며 어떤 생각이 들었는지, 정도는 말해야 하지 않을까 생각했다. 대단히 교육적인 이유를 찾지 않아도 그냥 같은 여자로서 여자아이들에게 그런 말을 하는 건 아니지 않느냐고. 하지만 그러면 결국 싸우게 되려나? 생각이 미처 정리되지 않았는데 오연주가 최아라를 불러냈다.

한 시간 뒤, 최아라는 조금 멍한 채로 오연주의 말을 곱씹었다. 농담일 뿐이다. 아이들과 소통하는 자신만의 방식이다. 아이들도 재밌어한다. 그런데 내가 왜 이런 모욕을 당해야 하는 거냐. 최아라는 잘못한 것에 대해서 사과하고 싶었고 결과적으로 그렇게 했지만 그러므로 달라지는 건 없었다. 오연주의 학급에는 그 문장들이 그대로 남을 것이고 아이들은 (오연주의 말이 사실이라면) 그걸 재밌어하면서 서로에게 '우리는 얼굴이 안 예쁘니까 살이라도 빼자.' 같은 말을 주고받으며 웃겠지. 왜냐하면, (이것도 오연주가 맞는다면) 최아라는 아이들의 마음을 이해하지 못하니까.

남의 일에 끼어드는 게 아니라는 걸 다시금 깨달으면서도 최아라는 허무해졌다. 하지만 최아라의 분노가 조금의 소용도 없었던 건 아니었다. 최아라와 오연주의 대화를 무경이 들었기 때문이다. 무경은 최아라의 말을 들으며 생각했다. 아, 그거 기분 나빠도 되는 말이 맞네. 그러고 보니 진짜 이상한 말이구나. 그리고 무경은 최아라를 좋아하게 되었다.

그런 최아라에게 현정과 무경은 자신들이 하려는 일을 말하기로 했다. 도와 달라고 하고 싶었지만 차마 그럴 순 없었다. 1년 전의 일로 최아라가 교사들 사이에서 얼마나 곤경을 당했는지 현정은 어렴풋하게나마 알고 있었다. 이번의 일로 최아라를 또 곤란하게 하고 싶지 않았다. 아니 결국은 곤란해질지도 모르지만, 그래도 마음의 준비는 하도록 하고 싶었다. 그래서 거사의 날에 최아라를 찾아갔고 오늘 밤에 무엇을 하려고 하는지, 왜 하려는지, 왜 해야 하는지 말했다. 최아라가 반대할 거라는 생각도 했지만 현정과 무경은 최아라를 믿었다. 선생님이라면 다를 거야. 두 사람을 뚫어져라 보던 최아라는 천천히 입을 열었다.

"내가 미술실에 있을 때 잘 찾아왔구나."

"……?"

"다른 선생님들이 안 들어서. 그게 다행이야."

잠시 조용해졌고 현정과 무경이 꾸벅 인사를 한 뒤에 돌아갔다. 최아라는 퇴근할 때까지 국화차와 아이스커피를 마시면서 여러 가지 생각을 했다. 간간이 입술을 달싹여 혼잣말을 하기도 했다. 밤이 되었을 때 성곽으로 갔고 아이들이 어둠 속에서 꼬리를 매다는 걸 지켜봤다. 그냥 멀리서 보고 가려고 했는데 경비원이 나타났고 할 수 없이 아이들에게 갔다. 최아라의 말에 경비원은 고개를 끄덕이고 돌아갔다. 아이들은 무사히 꼬리 달기를 마칠 수 있었다.

"귀엽다. 우리 꼬리들!"

현정이 뿌듯해하는 목소리로 말했다.

"꼭 파도 같네."

무경이 말했다. 가을바람을 따라 나란히 흔들리는 수백의 파란 꼬리들이 달빛 아래 너울대는 파도처럼 보였다.

10

성곽에서 내려온 뒤에 최아라는 아이들에게 떡볶이를 사주었다. 아이들과 헤어져 집으로 돌아가는 길에는 방송국과 신문사에 전화를 했다.

"유등 축제 학생 전시장에 이상한 게 있던데요?"

판을 키우는 건 아이들에게도 비밀이었다. 더 이상 아이들이 부담을 지는 일은 없었으면, 최아라는 바랐다. 오후 내내 미안하고 부끄러웠다. 어른으로서의 책임감 같은 거창한 말을 쓰고 싶진 않았지만, 사실 어른이 된다는 건 좋은 일이 아닌가 싶었고, 자신이 아는 범위에서 어른답게, 책임을 져 줄 작정이었다.

꼬리는 정말로 파도가 됐다.

K여고의 한지 등 아래에 달린 파란색 리본들은 바람에 나부끼며 아름다운 광경을 만들었다. 그 아름다움에 이끌린 사람들이 리본을 자세히 보게 되었고 자연스레 거기에 적힌 글들도 읽게 되었다. 사람들의 얼굴은 충격과 경악으로 굳었다. 어떻게 학교에서 이런 일이, 라는 생각을 하는 사람들이 있는가 하면 어째서 아직도 이런 일이, 라고 생각하는 사람들도 있었다. 입에서 입으로 전해지는, 괴담이라 불러도 이상할 게 없는 이야기들이 퍼져 나가자 이사장은 K여고의 전시장을 철거하게 했다. 그 지시는 결과적으로 최악의 수가 되었다. 이 빠진 자리처럼 휑하니 비어 버린 K여고의 자리는 사람들로 하여금 더 많은 이야기를 자아냈다. 뉴스와 소문을 타고 사건은 일파만파로 퍼졌다. 유등 축제가 끝나기도 전에 K여고는 전국 뉴스에 이름이 오르내리는 학교가 되었다.

민찬우는 교육청과 경찰 조사를 거쳐 징계를 받았다. 이번에는 학교를 옮기는 정도로 끝나지 않았다. 하지만 그가 교사의 직위를 잃은 것은 아니었다. 어쨌든 민찬우는 더 이상 학교에 나오지 않았고, 교장은 월요일 조회 시간에 학생들에게 고개를 숙였다. 황동수에 대한 조치는 훨씬 빠르고 간결했다. 그럴 만한 놈이 그랬다는 게 중론이었고 학교는 곧바로 징계위를 열어 황동수에게 정학 처분을 내렸다. 그동안 황동수가 저질렀던 숱한 학교 폭력 사건과 교사에 대한 반항적인 행동이 모두 누적된 조치였다. 교장부터 담임까지 그때만 기다린 것처럼 속전속결로 황동수를 학교의 울타리 밖으로 내쫓았다. 성실하지 못했던 황동수의 출결 상황에 정학 기간이 더해지면 유급이 될 것이었다.

그러나 네 사람의 마음에 드는 조치는 하나도 없었다. 그들이 눈 하나 깜짝할까? 의구심이 들었다. 교장의 사과는 누군가 대신 써 준 글을 감정 없이 읽는 것에 지나지 않았다. 정확히 누가 무슨 잘못을 했고 그게 어떤 피해를 야기했는지는 하나도 담겨 있지 않았다. 심지어 민찬우가 '전근'을 가게 되었다며 인사까지 시켰다. 학생들은 침묵과 무반응으로 의사를 표했지만, 그건 어디까지나 일시적인 대응일 수밖에 없었다.

황동수의 학교 역시 평판을 염려한 조치에만 급급했을 뿐 황동수가 피해자에게 사과를 하고, 조금이라도 나은 인간이 될 수 있는 반성의 시간을 주는 일에는 관심이 없었다. 이참에 그 새끼를 아예 도려냈으면 좋았을걸, 그런 생각을 하는 교사가 대부분이었다. 결국 황동수는 자신을 돌아볼 수 있는, 어쩌면 마지막이었을지도 모르는 소중한 기회를 놓치고 말았다. 그러므로 황동수가 몇 주 뒤에 벌어진 싸움에서 패배하고, 그 누구도 자신을 무서워하지 않게 된 것을 못 견뎌 교실 하나를 박살 낸 뒤 퇴학당한 일 같은 건, 황동수의 남은 인생에서 일어날 일들과 황동수가 세상을 향해 저지를 일들에 비하면 가벼운 사고에 불과했다.

아이들이 느끼기에 학교들의 공통적인 태도는 이런 것이었다.

이 정도면 됐잖아. 더 원하는 게 있으면 피해자가 직접 나와서 말해라.

그 와중에 뉴스와 소문은 피해자의 정체를 뒤쫓았다. 'K여고의 학생이 추문에 휩싸였다.'라고, 그 추문이라는 게 얼마만큼 자극적인지 알고 싶다고, 그런 속내가 담긴 말들이 도시에 가득했다. 서연은 잠을 잘 이루지 못했고 다른 아이들도 마찬가지였다. 무엇을 더 어떻게 해야 했지? 우리가 원한 게 이런 거였나? 서연이 낙담하는 만큼 아이들은 미안해했다. 등교할 때마다 서연의 몸은 땀으로 흠뻑 젖었다.

그럼에도 서연은 학교에 갔고 정해진 시간만큼 버텼다. 절망과 좌절이 아이들을 하나로 묶고 있었다. 등하굣길에 무경과 현정이 서연과 함께 걸었고 저녁이면 예찬이 달달한 것을 들고 찾아왔다. 그 덕분에 서연은 후들거리는 다리에 힘을 주고 서 있을 수 있었다.

그렇게 버틴 지 몇 주가 지나고,

꼬리가 일으킨 파도를 타고 다른 목소리들이 들려오기 시작했다.

K여고의 졸업생이 개설한 피해자 연대 카페 '지켜줄게'의 대문에는 이런 글귀가 적혔다.

> 우리가 지켜 줄게. 혼자서는 못하지만 우리가 되어, 너를 지켜 줄게.

카페의 회원 수가 100명을 넘겼을 때, 서연은 아이들에게 말했다.

"자보를 써야겠어."

서연의 이름이 적힌 자보가 학교 곳곳에 붙었다. 최아라는 출근길에 자보를 보았고 조금 울었다. 그리고 자보 귀퉁이마다 도장을 찍고 서연의 이름 옆에 자신의 이름을 적었다. '훼손 시 민사 소송 진행함.'이라고도 적었다. 민사 맞나? 형사인가? 최아라가 고민하긴 했지만 그 짧은 문장만으로도 자보에는 알 수 없는 힘이 생겨서 아무도 자보를 훼손하지 못했다. 학생들이 익명으로, 혹은 이름을 밝히고서 자신들이 겪은 피해 사실을 자보 아래에 붙였다. 가해자 중에는 생각지도 못한 이름도 있었다. 학교를 떠났거나 퇴임한 이들도 있었다. 그들은 새롭게 시작된 파도에 밀려 나왔다. 이제 그들에겐 숨을 곳도 피할 곳도 없음을 모두가 알았다.

모두가 자신의 편인 것은 아니었지만, 서연은 끝까지 싸워 보기로 했다. 현정과 무경과 예찬과 그리고 또 다른 친구들의 목소리에 응답하는 마음으로.

나도 지켜 줄게.

그런 마음으로.

3부

2001년의 첫 번째

'지켜줄게'에 새로운 공지 글이 게시되었다. 심기태가 호명되고 그 목소리에 서른한 사람이 화답한 결과에 대한 것이었다. 심기태는 경찰의 재조사 결과에 근거하여 직무 정지 이상의 중징계를 받게 될 예정이라 했다. 그렇게 되면 민찬우에 이어서 구체적인 형태의 징계를 받는 두 번째 사례가 될 것이었다. 게시 글은 건조하게 사실을 전달한 뒤 보도 자료 몇 개를 첨부하는 것으로 끝났지만 댓글의 파도는 뜨겁게 일렁였다.

그리고 같은 날 오전,

무경과 예찬, 현정과 서연은 오전 8시에 만나 시장 분식집에서 떡국을 사 먹었다. 21세기가 되었다고 방송과 신문은 떠들썩했는데 아이들의 눈에 세상은 크게 달라진 게 없어 보였다. 겨울이었으므로 어제만큼 추웠고 사람들은 몸을 조금씩 움츠린 채 갈 길을 갔다.

하지만 나는 이제 고 3이 되었지.

서연은 문득 생각했고 고 3이라는 말 뒤에 줄줄이 붙는 말들을 하나씩 곱씹어 보다가, 자신이 열아홉 살이 되었다는 걸 깨달았다. 열아홉에 도착을 했구나, 내가.

"우리 이제 열아홉 살이야?"

괜히 확인받고 싶어서 서연은 현정에게 말했다. 현정은 심심한 말투로 말했다.

"우리도 늙었다야."

옆 테이블의 아주머니가 네 사람을 흘깃 쳐다보는 바람에 현정이 민망해하며 웃었고 다른 아이들도 웃었다. 서연은 무경과 예찬과 현정과 함께 웃는 자신이 신기하고 좋아서 스무 살에 도착할 때에도 이 아이들과 함께라면 좋겠다는 생각을 했다. 그리고 혹시 그럴 수 있다면, 현정이 스무 살이 되고 무경이 열아홉 살이 되고 예찬이 열여덟 살이 될 때까지 이들을 무사히 데려다주고 싶다는 생각도 했다.

네 사람이 기차역에 도착한 건 9시 45분이었다. 47분이 되자 안내 방송이 나왔고 48분에 기차가 한 대 들어왔다. 현정과 서연이 그 기차를 탔다. 기차로 두 시간 거리에 사는 미란을 만나기 위해서였다. 미란은 심기태를 호명한 사람이었다. K여고보다 더하면 더했지 덜 할 것 없는 학교에 다니게 된 미란은 그곳에서 힙합 동아리를 만들었다 했고 응원이 필요하니 양손 무겁게 찾아오라고, 사흘 전 현정에게 메일을 보냈다. 서연과 현정은 빵이 잔뜩 담긴 봉투를 무릎 위에 올려놓고 미란에게 갔다. 불규칙하게 덜컹거리는 기차에서 서연이 먼저 졸았고 현정도 따라서 졸았다.

예찬이 타야 할 기차는 한 시간 뒤에 왔다. 현정과 서연을 배웅하고 대합실에 다시 앉은 두 사람의 손에도 빵 봉투가 하나씩 들려 있었다. 무경은 예찬에게 지선 이야기를 했고, 예찬은 무경에게 종률 이야기를 했다. 다 새로운 이야기들이었다. 오징어를 넣은 파전을 만들어 주겠다며 사진까지 담아 보낸 종률의 편지를 이야기할 때 예찬의 목소리는 들떴고, 공부를 시작했다며 전화를 걸어온 지선의 목소리와 배경처럼 깔리던 바람 소리를 이야기하는 무경의 목소리는 떨렸다. 지선과 종률이 있는 곳은 바닷가였다. 지선은 동쪽, 종률은 남쪽으로 가면 만날 수 있었다. 무경과 예찬은 서로가 서로의 친구를 잘 만나고 오기를 진심으로 빌어 주었다. 그리고 각자 본 바다가 어땠는지 말해 주기로 했다.

10시 50분. 기차에 오르면서 예찬이 무경에게 뭔가 말했고 무경은 이렇게 대답했다.

"못 들은 걸로 할게."

예찬은 미간을 찡그렸으나 얼굴은 웃고 있었다. 기차가 천천히 출발했다. 기차의 마지막 칸이 역을 빠져나갈 때까지 무경은 플랫폼에 서 있었다.

예찬이 떠난 뒤 혼자 남은 무경은 주위가 조금 추워졌다고 느꼈다. 점퍼를 여미며 몸을 웅크렸고 그러자 견딜 만해졌다. 누가 안아 주는 것 같았다. 품 안에서 올라오는 따뜻한 기운이 턱 밑부터 얼굴을 천천히 데워 주었고 지선의 얼굴이 떠올랐다. 지선을 만나면 어떤 이야기를 할까. 기차가 올 때까지 남은 30분은 그것을 고민해야지. 그러면 시간이 금방 갈 거야. 생각하는 무경의 머릿속에 이런저런 낱말과 문장들이 두서없이 지나갔다. 빵을 나눠 먹으며 그 이야기들을 하면 참 좋겠다고 생각하면서 무경이 시계를 보았을 때, 똑—딱, 21세기의 첫 번째 정오가 지나갔다.

에필로그

괜찮아, 친구들이 있거든

날씨가 무척이나 변덕스러운 날이었다. 선이와 미주가 시내버스를 탔던 40분 동안 날씨가 두 번이나 바뀌었다. 버스를 타고 다른 나라들을 오가는 것처럼 하늘이 급격하게 변했다. 쨍한 햇볕이 내리쬐다가 장대 같은 폭우가 쏟아지고 다시 구름 하나 없이 맑아졌다가 정수리에 닿을 듯 먹구름이 낮게 깔렸다. 버스 안은 에어컨만으로 해결되지 않는 습기로 눅눅해졌다. 그사이에 선이와 미주의 얼굴 위로 빛과 그늘이 두 번씩 다녀갔다. 그러나 두 사람의 기분은 대체로 맑았다. 무경을 만나러 가는 길이어서 그랬다.

무경의 도움으로 시작된 몇 달간의 싸움은 선이와 미주에게 옳음을 설명할 언어와 그것을 말할 용기를 주었지만, 어쩔 수 없이 상처도 남겼다.

싸우는 동안 둘은 외로웠다. 친구들이 하나둘 등을 돌리는 것은 견디기 힘든 경험이었다. 끝까지 두 사람의 편에 섰던 아이들도 있었다. 선이와 미주가 겪은 것과 비슷한 일에 대해 말하려는 아이들이었다. 학교 안을 둥둥 떠다니다가 어느 순간 날카로운 화살이 되어 무방비한 아이들을 찌르는 말들. 성차별적이고 성희롱인 말들. 그 말을 하는 사람들과 그들을 방관하는 사람들. 선이와 미주 그리고 둘의 친구들은 그런 말들과 사람들을 수면 위로 올리기 위해 노력했다. 다시는 학교에서 그런 일이 생기지 않길 바라는 마음이었다. 아이들은 학교의 계단과 복도에 포스트잇을 붙여 문제를 고발해 보고, 익명으로 운영되는 오픈 채팅방을 만들어 피해 사례를 수집하기도 했다. 학교는 점점 시끄러워졌다. 일부 선생님들의 곱지 않은 시선을 받은 건 물론이요, 어떤 아이들은 너네 때문에 학교 다니는 게 피곤해졌다고 했다. 왜 잘 지내던 애들의 편을 가르려 하느냐, 니들만 가만있으면 아무 문제도 없는 학교다, 그런 말을 선생님과 학생들 모두가 했다.

힘이 되어 준 사람은, 다름 아닌 무경이었다. 무경은 아이들에게 계속 말해도 된다고, 더 말해야 한다고 용기를 주었다. 동료들과 학부모의 항의에도 특유의 무덤덤한 태도로 특별한 반응을 보이지 않았다. 싸움이 시작된 뒤에 처음으로 실질적인 징계가 이루어진 날, 억울함을 토로하는 가해 교사에게 무경은 그렇게 말했다.

아무리 그래도 있었던 일이 없어지진 않아요.

아이들은 무경을 통해 싸움의 방향과 방법에 대해 배울 수 있었다. 쓸데없이 흥분하거나 무너지지 않고 목표를 위해 차분하게 말하고 행동했다. 외로웠으나 의연했고 두려웠으나 눈감진 않았다. 많은 것을 바꾸진 못했지만 아무것도 바꾸지 못한 건 아니었다.

한여름에 만나자는 약속은 대략 두 달 전에 한 것이었다. 고등학생이 된 선이와 미주는 스승의 날에 무경을 찾아갔다. 세 사람은 학교에서 500미터 정도 떨어진 카페에서 만났다. 아직은 선이와 미주가 학교를, 그리고 학교에 소속된 사람들을 아무렇지 않게 마주할 자신이 없어서였다. 그들은 빛깔과 향기가 좋은 차를 함께 마셨다.

"선생님이 권하는 차는 늘 맛있었어요."

선이가 찻잔을 내려놓으며 말했다.

"그래? 정말 다행이다."

무경이 조금 웃으며 말했다.

"힘들지 않으세요?"

미주가 물었다.

"괜찮아. 힘들 게 뭐가 있어."

무경이 담담히 대답했다.

"그래도…… 저희는 졸업했지만 선생님은 계속 학교에서 일하셔야 하잖아요."

선이가 걱정스러운 말투로 말했다.

"괜찮아. 나한테는 친구들이 있거든."

무경이 말했다. 선이와 미주는 이해가 가지 않는다는 표정을 지었다. 무경이 학교에서 다른 선생님들과 친하게 지내는 걸 본 적 없었기 때문이다.

"왜? 나는 친구도 없을까 봐?"

무경이 농담을 했다. 선이와 미주가 얼른 손사래를 쳤다.

"아뇨. 그게 아니라……."

아이들의 반응을 장난스러운 표정으로 보던 무경이 이렇게 말했다.

"다음에 선생님이랑 놀러 갈래?"

무경이 놀자고 한 곳에서는 축제가 열리고 있었다. 선이와 미주가 가까운 버스 정류장에 내렸을 때 날씨는 또 한 번 바뀌어서 굵은 빗방울이 후두두둑 떨어졌다. 선이가 얼른 우산을 폈지만 꽤 많이 젖고 말았다. 그래도 두 사람은 즐겁게 웃었다. 우산을 함께 쓰고 나란히 걷는 동안 비가 그쳤다. 언제 그랬냐는 듯이 뜨거운 햇빛이 쏟아졌다. 우산을 접으려는 선이를 미주가 말렸다. 투명한 우산에 맺힌 빗방울이 예뻐서였다. 둘은 우산을 높이 들고 고개를 젖혀 빗방울이 구르는 걸 봤다.

"와. 저것 봐!"

선이가 우산 너머의 어딘가를 가리켰다. 미주도 그곳을 봤다. 무지개가 떠 있는 게 보였다.

"어? 저기!"

이번에는 미주가 말했다. 무지개가 뜬 자리 아래에 서 있는 무경이 보였다. 무경은 누군가와 이야기를 나누고 있었다. 키가 크고 팔다리가 시원시원하게 뻗은 여자였다. 그 옆에는 닮은 듯 닮지 않았지만 아주 친한 사이처럼 보이는 두 명의 남자가 무경의 말에 미소를 짓고 있었다. 선이와 미주는 걸음을 재촉했다. 두 사람이 무경의 시야 속으로 들어가기 전에 또 다른 여자 둘이 무경과 인사를 했다. 여자들은 손에 든 봉투에서 맛있어 보이는 빵을 꺼내 나눠 주었다. 그러자 다 함께 박수를 치며 웃었다. 무경이 그렇게 밝고 티 없이 웃는 걸 선이와 미주는 처음 보았다. 무경이 자신들과 비슷한 나이로 돌아간 것 같다고, 둘은 생각했다. 이제 몇 발짝만 더 걸으면 무경의 앞이었다. 무경이 기다렸다는 듯 아이들 쪽을 돌아보았다. 무경이 반가워하며 손을 흔들었다. 선이와 미주는 활짝 웃으며 손을 마주 흔들었다. 무경이 한 걸음 다가와 아이들 앞에 섰고 그 모습을 무경의 일행이 다정한 눈으로 보았다. 무경이 밝고 단단한 목소리로 말했다.

"인사해. 내 친구들이야."

작가의 말

첫 줄을 쓴 날로부터 책이 나오기까지 걸린 시간은 2년 남짓이지만, 이 소설 속에서 일렁이는 사건들은 훨씬 오랜 시간 동안 만들어졌을 것입니다. 어쩌면 저의 평생보다 더 긴 세월 동안 쌓인 이야기들을 소설로 쓴 게 아닐까 싶어요. 그러므로 『꼬리와 파도』는 '이야기를 찾아가서' 쓴 소설이 아니라 '이야기가 다가와서' 쓴 소설일지도 모르겠습니다.

처음에는 상쾌하고 시원한 사랑 이야기가 담긴 단편 소설을 쓸 계획이었습니다. 그렇게 완성한 것이 '2부'의 첫 꼭지로 삽입된 '숲속의 아이들'이었어요. 꽤 기쁜 마음으로 마지막 문장까지 썼지만, 어쩐 일인지 다음 소설로 넘어가기가 어려웠습니다. 무경과 예찬이 '아직 할 이야기가 많아.'라고 말하는 것 같았달까요? 그때 전교조 전북지부 선생님들께서 선물해 주셨던 '변방의 목소리: 지방의 스쿨미투를 기록하다'(문화기획달, 2019)를 읽게 되었습니다. 책을 다 읽은 뒤 책상 앞에 앉아 무경과 지선의 1999년을 쓰기 시작했습니다.

저에게 다가온 이야기가 어떤 것인지, 무경과 예찬이 못다 한 이야기가 무엇인지 뚜렷해진 다음 저와 저의 주변 사람들을 지나갔던 폭력의 시간들이 떠올랐습니다. 왜 그런 말을 들어야 했을까. 왜 그런 구타를 당해야 했을까. 왜 그런 모욕을 겪어야 했을까. 계속 곱씹으며 증언과 기억을 소설로 재구성하는 일은 마음을 무겁게 했지만 그만큼 과거에 떳떳해지는 과정이었다고 믿습니다. 잘못은 우리에게 있지 않다. 부끄러워할 사람은 우리가 아니다. 조금은 자신 있게 말할 수 있게 된 것 같아요.

이 소설을 쓰고 다듬는 동안 바다를 보러 갈 일이 많았습니다. 당연한 이야기지만 바다는 멈춰 있는 법이 없었어요. 끊임없이 밀려오는 파도를 보며 많은 용기를 얻었습니다. 귀와 입에서는 소녀시대의 「다시 만난 세계」가 자주 흘러나왔고요. 자꾸 생각했습니다. 혼자서는 못하지만 우리라면 할 수 있는 것들을요. 볼 수 있는 세계를요.

—

『꼬리와 파도』에 우수상이라는 자리를 내어주신 창비교육과 하성란, 오세란, 문경미, 김선산 네 분의 심사위원님들 및 100인 심사단 분들, 소설을 위한 아이디어와 용기를 주신 전교조 전북지부 선생님들, 거친 소설이 고운 옷을 입고 나올 수 있도록 힘써 주신 이혜선 편집자님, 그리고 도움 주신 모든 분들께 깊은 감사의 마음을 전합니다.

꼬리와 파도

초판 1쇄 발행 2023년 3월 27일

지은이 · 강석희
펴낸이 · 강일우
편집 · 이혜선 최윤영
조판 · 이주니
펴낸곳 · (주)창비교육
등록 · 2014년 6월 20일 제2014-000183호
주소 · 04004 서울특별시 마포구 월드컵로12길 7
전화 · 1833-7247
팩스 · 영업 070-4838-4938 | 편집 02-6949-0953
홈페이지 · www.changbiedu.com
전자우편 · contents@changbi.com

ISBN 979-11-6570-206-9 43810

KOMCA 승인 필

* 책값은 뒤표지에 표시되어 있습니다.

창비교육 성장소설 시리즈는 '성장'을 고리로
소통과 공감을 이끌어 내는 이야기를 담아냅니다.